Über dieses Buch

Mit einem höchst ungewöhnlichen Abenteuer beginnt dieses Buch: Der pensionierte Major Brown blickt über die Mauer eines Gartens und sieht dort zu seiner größten Bestürzung ein Beet, dessen gelbe Stiefmütterchen zu den Worten angeordnet sind: TOD DEM MAJOR BROWN!
Der Mann, der das Rätsel löst, ist Basil Grant, ein Don Quixote und Weiser zugleich, dessen große blaue Augen die Welt der Tatsachen anders sehen als der alltägliche Mensch, anders und richtiger. Dieser Basil Grant, ebenso wunderlich und ebenso liebenswert wie Chestertons unvergeßlicher Pater Brown, ist die Hauptperson der sechs skurrilen Geschichten voll hintergründiger Heiterkeit. Geistreich und eigenwillig erzählt Chesterton von merkwürdigen Käuzen, exzentrischen Berufen und geheimnisvollen Begebenheiten, die ihm letztlich doch nur Anlaß sind, sein brillantes Feuerwerk zeit- und gesellschaftskritischer Apercus abzubrennen.

Vollständige Taschenbuchausgabe
Aus dem Englischen THE CLUB OF QUEER TRADES
übertragen von Rudolf Nutt

Umschlaggestaltung Horst Lemke
Gesamtherstellung Ebner, Ulm
Printed in Germany
ISBN 3-426-00207-8

1.–12. Tausend Juli 1969
13.–19. Tausend April 1970
20.–27. Tausend August 1971
28.–33. Tausend Juli 1972

Gilbert Keith Chesterton: Der geheimnisvolle Klub

Roman

Droemer Knaur

INHALT

DIE FURCHTBAREN ABENTEUER DES MAJORS BROWN

Rabelais oder sein kühner Illustrator Gustave Doré haben sicher etwas mit der Anlage moderner Mietswohnungen zu tun. In dem Gedanken, dadurch Raum zu sparen, daß man Häuser mit allem Drum und Dran aufeinandertürmt, liegt etwas Pantagruelisches. In dem wirren Chaos dieser steil sich zum Himmel aufreckenden Straßen können die sonderbarsten Menschen wohnen, können die unwahrscheinlichsten Dinge passieren. In einer dieser Straßen, glaube ich, wird man, wenn man sich einige Mühe gibt, wohl auch die Räumlichkeiten des »Klubs seltsamer Berufe« finden. Man denkt vielleicht, dieser eigenartige Name würde die Aufmerksamkeit der Vorübergehenden erregen oder sie in Erstaunen setzen; aber in diesen düsteren, ungeheuren Bienenkörben wundert man sich über gar nichts. Der mürrisch einhertrottende Passant ist froh, wenn er endlich sein eigenes Ziel, die Agentur der Montenegrinischen Schiffahrtsgesellschaft oder das Londoner Büro einer Provinzzeitung erspäht, und er geht durch die fahlen Straßen, wie man durch die fahlen Irrgänge eines Traumes wandelt. Kämen Meuchelmörder auf den Gedanken, in einem der großen Häuser der Norfolk Street Räumlichkeiten für eine Gesellschaft zur Ermordung Fremder zu mieten und einen sanften, bebrillten Mann als Auskunft ins Büro zu setzen, so würde es keinem Menschen einfallen, sich um dieses Unternehmen zu kümmern. Und so bleibt auch der »Klub seltsamer Berufe« in einem großen Gebäude so verborgen wie ein versteinertes Muscheltier in einer mächtigen Ablagerungsstätte urzeitlicher Fossilien.

Ich brauche gar nicht viele Worte zu machen, um die Eigenart dieses Klubs, wie sie uns später aufging, zu schildern. Der Klub setzt sich aus exzentrischen Menschen und verbummelten Genies zusammen. Wer Mitglied werden will, muß den Beruf, durch den er seinen Lebensunterhalt verdient, selbst erfunden haben. Und dieser Beruf muß etwas gänzlich Neues sein. Diese Forderung wird durch die zwei Hauptgrundsätze genau umschrieben: Erstens darf der neue Beruf keine bloße Abänderung oder

Spielart eines schon bestehenden sein. So würde der Klub z.B. einen Versicherungsagenten nicht zulassen, nur weil der Kandidat, anstatt Möbel gegen Feuersgefahr, etwa Hosen gegen Angriffe tollwütiger Hunde versichert. Denn das Prinzip ist bei beiden dasselbe (wie Sir Bradcock Burnaby-Bradcock in der anläßlich des strittigen Falles Stormby-Smith gehaltenen, außerordentlich schwungvollen und hochfliegenden Rede witzig und treffend bemerkte). Zweitens muß der Beruf wirklich etwas einbringen, er muß seinen Erfinder ernähren. So würde der Klub einen Mann nicht einfach deshalb aufnehmen, weil dieser sich als Lebensberuf das Einsammeln von Sardinenbüchsen erwählt hat; er müßte vielmehr einen blühenden Handel mit ihnen treiben. Professor Chick hat über diesen Punkt absolute Klarheit geschaffen. Aber wenn man bedenkt, welchen neuen Beruf Professor Chick selbst ergriffen hat, so weiß man nicht, ob man lachen oder weinen soll.

Die Entdeckung dieses sonderbaren Vereins wirkte auf uns außerordentlich belebend. Die Erkenntnis, daß es zehn neue Berufe in der Welt gab, war ebenso aufregend wie der Anblick des ersten Schiffes oder des ersten Pfluges. Man hatte endlich einmal das Gefühl, man befinde sich noch in den Kindheitstagen der Menschheit. Daß ich schließlich auf einen so sonderbaren Klub stieß, war, wie ich ohne Eitelkeit sagen darf, durchaus nicht sonderbar, denn ich habe die Manie, so vielen Gesellschaften wie möglich anzugehören. Man könnte mich einen Klubsammler nennen, und ich habe, seitdem ich in jugendlicher Unternehmungslust mit dem Athenäum anfing, eine große und phantastische Sammlung der mannigfaltigsten Arten zusammengebracht. Künftig werde ich vielleicht einmal von einigen anderen Gesellschaften, deren Mitglied ich war, erzählen. Ich werde über die Tätigkeit der »Gesellschaft für Schuhbekleidung Verstorbener« berichten (ein Verein, dessen Name einem auf den ersten Blick als eine Blasphemie erscheint, der aber doch seine, wenn auch dunkle, Existenzberechtigung hat). Ich werde den seltsamen Ursprung des Klubs »Katz und Christ« erklären, dessen Name so schändlich mißdeutet worden ist, und die Welt soll wenigstens erfahren, warum der »Verein der Stenotypisten« sich mit dem »Bund zur Züchtung roter Tulpen« zusammengeschlossen hat. Von dem »Klub der zehn Teetassen« etwas verlauten zu lassen, werde ich mich natürlich hüten. Meine erste Enthüllung jedenfalls soll sich mit dem »Klub seltsamer Berufe« befassen, auf den ich, eben wegen meiner sonderbaren Liebhaberei, fast mit Sicherheit früher oder später stoßen mußte. Die jungen Leute Londons nennen mich, ausgelassen wie sie sind, spöttisch den »König des Klubs«. Ich führe bei ihnen allerdings auch den Namen »Der Cherub«, womit sie auf das rosig jugendliche Aussehen anspielen, das ich mir, der ich nun schon ein älterer Herr bin, noch bewahrt habe. Ich hoffe nur, daß die Geister in der besseren Welt ebenso gut speisen wie ich. Aber mit der Entdeckung des »Klubs seltsamer Berufe« hat es eine besondere Bewandtnis. Das Sonderbarste daran ist, daß er nicht von mir entdeckt wurde, sondern von meinem Freund Basil Grant, einem Sterngucker, einem Mystiker, einem Mann, der kaum aus dem Hause ging.

Von Basil wußten nur sehr wenige Leute etwas; nicht weil er etwa menschenscheu gewesen wäre, denn wenn sich jemand zufällig von der Straße in seine Wohnung verirrt hätte, so würde er die ganze Nacht mit ihm diskutiert haben. Die Menschen wußten deshalb so wenig von ihm, weil er, wie alle Dichter, ohne sie auszukommen vermochte. Er sah ein menschliches Gesicht ebenso gern wie etwa einen farbenprächtigen Sonnenuntergang, aber das Bedürfnis, in Gesellschaft zu gehen, war bei ihm nicht stärker als das Verlangen, die Abendwolken am westlichen Himmel zurechtzuschieben. Er bewohnte ein paar putzig-behagliche Dachstuben im Stadtteil Lambeth. Seine Wohnung war mit allerlei Dingen angefüllt, die in seltsamem Gegensatz zu der trostlosen Öde der Umgebung standen: alten wunderlichen Büchern, Schwertern, Rüstungen – dem ganzen Plunder einer versunkenen romantischen Welt. Aber sein Gesicht erschien, inmitten all dieser an Don Quichottes Behausung erinnernden Reliquien, eigentümlich lebendig und modern – es war ein eindrucksvolles Juristengesicht. Nur ich allein wußte genau, wer er war.

Wenn auch schon geraume Zeit darüber vergangen ist, so erinnert sich doch jeder noch an die schreckliche und groteske Szene in Ixtown, als einer der scharfsinnigsten und tüchtigsten englischen Richter mitten in einer Verhandlung plötzlich verrückt wurde. Ich hatte über diesen Vorfall zwar meine eigene Meinung, aber über die Tatsache selbst herrscht völlige Übereinstimmung. Schon seit einigen Monaten, ja seit einigen Jahren, waren den Leuten gewisse Sonderbarkeiten im Benehmen des Richters aufgefallen. Er schien das Interesse am formalen Recht, einem Gebiet, auf dem er außergewöhnliche Leistungen aufzuweisen hatte, verloren zu haben und sich damit zu beschäftigen, Angeklagten und Zeugen persönliche Ratschläge moralischer Natur zu erteilen. Er sprach eher wie ein Priester oder ein Arzt, und zwar ohne ein Blatt vor den Mund zu nehmen. Zum ersten Mal stutzte man wohl, als er zu einem Mann, der sich in leidenschaftlicher Erregung zu einem Vergehen hatte hinreißen lassen, sagte: »Ich verurteile Sie zu drei Jahren Gefängnis, in der festen, ernsten und von Gott eingegebenen Überzeugung, daß Sie eigentlich drei Monate Erholung in einem Seebad brauchten.« Und so warf er den Angeklagten nicht so sehr die Vergehen vor, derentwegen sie vor Gericht standen, als vielmehr Dinge, die bis dahin niemals vor einem Gerichtshof zur Sprache gekommen waren, etwa übermäßig entwickelten Egoismus, schlechte Laune und absichtliche Förderung krankhafter Veranlagung. Ganz offenkundig wurde Grants Zustand dann in jenem berühmten Diamantendiebstahlsprozeß, in dem der Premierminister, Aristokrat vom Scheitel bis zur Sohle, sich der Aufgabe, gegen seinen Kammerdiener als Zeuge aufzutreten, mit so graziösem Widerstreben entledigte. Nachdem das tägliche Leben im Haushalt des Ministers in allen Einzelheiten enthüllt war, bat der Richter ihn, noch einmal vorzutreten. Ruhig und würdevoll leistete der Minister der Aufforderung Folge, während der Richter ihn plötzlich anschnarrte: »Schaffen Sie sich eine neue Seele an! Ihre da taugt nicht mal für einen Hund. Schaffen Sie sich eine neue Seele an!«

Diese Eigentümlichkeiten in seinem Gebaren erschienen natürlich später klugen Leuten als warnende Vorboten jenes unheilvollen und tollen Tages, an dem er mitten in der Verhandlung verrückt wurde. Es handelte sich um eine Anklage gegen zwei sehr bekannte und mächtige Finanzleute, die beide beträchtlicher Unterschlagungen beschuldigt wurden. Es war ein langer und verwickelter Prozeß gewesen, die Anwälte hatten mit ihrer Beredsamkeit kein Ende gefunden, aber schließlich kam nach wochenlangen, mühseligen Verhandlungen der Zeitpunkt, an dem der große Richter seine zusammenfassende Darstellung des Falles geben mußte. Seine Ausführungen am Ende eines Prozesses waren für gewöhnlich Meisterstücke an Klarheit und zermalmender Logik, und solch eine Glanzleistung wurde nun von allen Anwesenden mit Spannung erwartet. Er hatte während der langwierigen Verhandlung sehr wenig gesprochen. Jetzt, am

Ende, blickte er melancholisch und niedergeschlagen drein. Er schwieg eine Weile und fing dann plötzlich laut an zu singen. Nach den Berichten legte er der Melodie folgenden Text zugrunde:

»O hopla – popla hopsa – hop!
Pipka – hopla pipka – hopsa!
Holla – pipka pipka – holla!
Pipka – holla hop!«

Darauf zog er sich vom öffentlichen Leben zurück und mietete die Dachwohnung in Lambeth.

Dort saß ich eines Abends gegen sechs bei einem Glas prächtigen Burgunders, von dem er immer einige Flaschen hinter einem Stapel alter Folianten vorrätig hielt. Er ging im Zimmer auf und ab, wobei er wie gewöhnlich eins der großen Schwerter aus seiner Waffensammlung in den Händen hielt. Der rote Schein des Kaminfeuers fiel auf seine scharfgeschnittenen Züge und sein üppiges graues Haar. Seine blauen Augen hatten einen selbst bei diesem Träumer ungewöhnlich träumerischen Glanz, und er hatte gerade den Mund geöffnet, um irgendeine traumhafte Bemerkung zu machen, als die Tür aufgerissen wurde und ein bleicher, aufgeregter, rothaariger Mann in mächtigem Pelzmantel keuchend ins Zimmer stürzte.

»Verzeih, Basil, daß ich dich störe«, brachte er atemlos hervor. »Ich habe, ohne dich zu fragen, mich hier mit jemandem verabredet ..., einem Kunden ..., in fünf Minuten ... Verzeihen Sie.« Er machte mir eine Verbeugung, die eine Entschuldigung sein sollte.

Basil lächelte mich an. »Du wußtest bis jetzt nicht«, sagte er zu mir, »daß ich einen berufstätigen Bruder habe. Dieser Herr hier ist Rupert Grant, ein Allerweltskerl. Ich habe mich nur in einer Sache versucht, die mir noch dazu schiefgegangen ist, er aber packt alles an, und alles gelingt ihm. Er war schon Journalist, Häusermakler, Naturforscher, Erfinder, Verleger, Lehrer – was bist du jetzt, Rupert?«

»Ich bin seit einiger Zeit«, sagte Rupert nicht ohne Berufsstolz, »Privatdetektiv, und da kommt mein Klient.«

Ein lautes Klopfen hatte ihn unterbrochen, und auf Basils »Herein« wurde die Tür mit einem Ruck geöffnet. Ein untersetzter, elegant gekleideter Mann trat mit schnellem Schritt ins Zimmer, setzte seinen Zylinder auf den Tisch, daß es nur so klappte, und sagte: »Guten Abend, meine Herren.« Die scharfe Betonung des Wortes »Herren« kennzeichnete ihn sofort als einen strammen Vorgesetzten, wobei es allerdings noch zweifelhaft blieb, ob er ein Militär, ein Literat oder ein Mitglied der höheren Gesellschaft war. Er hatte einen mächtigen Kopf mit strähnigem, graumeliert schwarzem Haar und einem wenig in sein Gesicht passenden schwarzen Schnurrbart, dessen martialische Wirkung in seltsamem Gegensatz stand zu seinen melancholischen, wasserblauen Augen.

Basil sagte sogleich zu mir: »Laß uns ins Nebenzimmer gehen«, und schritt auf die Tür zu, aber der Fremde hielt ihn auf.

»Keineswegs, Freunde bleiben hier. Vielleicht Beistand.«

Als ich ihn sprechen hörte, fiel mir sofort ein, wer er war: ein gewisser Major Brown, den ich vor Jahren einmal bei Basil getroffen hatte. Die dunkle, straffe Gestalt und der mächtige, würdevolle Kopf waren mir ganz und gar aus dem Gedächtnis entschwunden, aber ich erinnerte mich an seine eigenartige Sprechweise, denn der Major hatte die Gewohnheit, von jedem Satz etwa nur den vierten Teil zu sagen; der aber wurde mit großer Vehemenz hervorgestoßen, ja, krachte los wie ein Gewehr. Die abgehackte Art, in der militärische Befehle erteilt werden, mag vielleicht den Grund zu dieser Gewohnheit gelegt haben.

Major Brown war ein tüchtiger und verdienter Soldat, aber er war alles andere als eine kriegerische Persönlichkeit. Wie viele der eisernen Männer, die in Indien gekämpft haben, hatte er die Einfalt und die Neigungen einer alten Jungfer. Seine Kleidung war elegant, aber doch ein wenig altmodisch, und er selbst war von einer so peinlichen Genauigkeit, daß er nicht fähig gewesen wäre, auch nur eine Teetasse schief hinzustellen. Seine einzige Schwärmerei, die Zucht von Stiefmütterchen, betrieb er mit einer geradezu religiösen Inbrunst. Und seine Augen, die ganz ruhig dreingeschaut hatten, als die englischen Truppen bei Kandahar sich voll Siegesjubel um Roberts drängten – diese seine Augen glänzten wie die eines Kindes beim Anblick eines neuen Spielzeugs, wenn er von seinen Blumen erzählte.

Rupert Grant warf sich in einen Sessel und sagte mit überlegener Miene, doch in sehr leutseligem Ton: »Nun, Herr Major, erzählen Sie mal, was ist Ihnen denn passiert?«

»Gelbe Stiefmütterchen. Kohlenkeller. P. G. Northover«, antwortete der Major im Brustton äußerster Entrüstung.

Wir sahen einander fragend an. Basil, der in abstrakter Versunkenheit mit geschlossenen Augen dasaß, faßte seine Frage in die schlichten Worte:
»Wie meinen Sie, bitte?«
»Tatsache. Straße. Mann. Stiefmütterchen. Auf Mauer. Drohung mit Tod. Geschehnis. Hanebüchen.«
Sanftes Kopfschütteln auf unserer Seite. Stück für Stück, vor allem dank des scheinbar in schläfrigem Zustand geleisteten Beistands, den Basil Grant leistete, flickten wir des Majors zusammenhanglosen, aufgeregten Bericht zusammen. Es wäre schändlich, den Leser die gleichen Qualen erleiden zu lassen, die wir erduldeten. Deshalb will ich die Erzählung des Majors in meinen eigenen Worten vortragen. Aber der Leser muß sich die Szene vorstellen: Basils Augen sind nach seiner Gewohnheit wie im Trancezustand geschlossen, Rupert und ich aber blicken immer starrer, während wir von den Lippen des kleinen Mannes in Schwarz, der kerzengerade dasitzt und im Telegrammstil spricht, eine der erstaunlichsten Geschichten der Welt vernehmen.
Major Brown war, wie schon gesagt, ein ruhmreicher Soldat, aber durchaus kein begeisterter Krieger. Er hatte sich sehr gern pensionieren lassen und widmete in einer kleinen, hübschen Villa, einem wahren Puppenhäuschen, den Rest seines Lebens den Stiefmütterchen und schwachem Tee. Er fühlte sich im siebenten Himmel bei dem Gedanken, das Schlachtengetöse nunmehr hinter sich zu haben, nachdem er seinen Degen auf den schmalen Flur (neben zwei patentierte Schmortöpfe und eine schlechte Aquarellstudie) gehängt hatte und statt des Degens nun in seinem kleinen, sonnigen Garten die Harke führte. Er pflegte seinen Garten wie ein Holländer; vielleicht hatte er eine leichte Neigung, seinen Blumen soldatischen Drill beizubringen. Er gehörte zu den Männern, die anstatt drei lieber vier Schirme in den Schirmständer stellen, so daß zwei nach dieser Seite und zwei nach jener ragen. Das Leben mußte so genau und präzise sein wie eine akkurat durchgeführte technische Zeichnung. Wenn ihm jemand gesagt hätte, daß er ganz in der Nähe seines Backsteinparadieses in einen Strudel unglaublicher Abenteuer hineingerissen werden würde, wie er sie weder in der Tiefe des unheimlichen Dschungels noch mitten im Brüllen der Schlacht erlebt hatte, so würde er einem solchen Manne keinen Glauben geschenkt haben, ja er hätte ihn nicht einmal verstanden und sicherlich für verrückt gehalten.

An einem hellen und windigen Nachmittag war der wie immer tadellos gekleidete Major auf seinem üblichen Verdauungsspaziergang begriffen. Er befand sich gerade auf einem der zwischen zwei großen Verkehrsadern liegenden schmalen, scheinbar ins Blaue hinausführenden Sträßchen, die sich an den Hintergärten der Häuserreihen entlangziehen und so farblos und öde sind, daß man in ihnen die seltsame Empfindung hat, sich hinter den Kulissen eines Theaters zu befinden. Die meisten von uns hätten jedenfalls dieses Gefühl der Öde gehabt; nicht so der Major, denn auf dem grobkiesigen Fußsteig nahte sich etwas, das für ihn ebensoviel bedeutete wie das Vorüberziehen einer Prozession für einen frommen Gläubigen. Ein großer, starker Mann mit fischblauen Augen und feuerroter Bartkrause schob einen von unvergleichlichen Blumen prangenden Karren vor sich her. Herrliche Exemplare aller Arten waren vertreten, aber des Majors Lieblingsblumen, die Stiefmütterchen, herrschten vor. Der Major blieb stehen, sprach den Mann an und begann schließlich zu handeln. Er benahm sich, wie Sammler und andere verrückte Leute sich eben zu benehmen pflegen, das heißt, er sonderte zunächst sorgfältig und etwas ärgerlich die schönsten Exemplare von den weniger schönen, lobte einige, setzte andere herunter, bis er eine von der größten und kostspieligsten Seltenheit bis zum unbedeutenden und wertlosen Plunder reichende Stufenleiter fertig hatte – und dann kaufte er sie schließlich doch alle. Der Mann hatte bereits seinen Schubkarren aufgenommen, als er ihn plötzlich wieder hinstellte und nahe auf den Major zutrat.
»Ich will Ihnen was sagen, Herr«, flüsterte er. »Wenn Sie sich für die Dinger interessieren, brauchen Sie bloß auf die Mauer da 'raufzusteigen.«
»Auf die Mauer?« rief der Major, der, befangen in konventionellen Vorstellungen, bei dem Gedanken, er solle widerrechtlich fremdes Eigentum betreten, Krämpfe bekam.
»In dem Garten da ist die schönste Sammlung gelber Stiefmütterchen von ganz England!« zischte der Versucher. »Ich helfe Ihnen 'rauf, Herr.«
Wie es eigentlich geschah, wird ewig ein Geheimnis bleiben. Alles, was es in dem Major an traditionellem Gefühl für Recht und Anstand gab, schrie »Nein!«, aber seine Liebhaberei trug in ihrer bejahenden Stärke über die warnenden Stimmen den Sieg davon. Mit leichtem Sprung und Schwung, die zeigten, daß er gar

keine Hilfe nötig hatte, erklomm er die Mauer. Als er oben stand, flatterten ihm seine Rockschöße derart um die Knie, daß er sich unsagbar lächerlich vorkam. Aber im nächsten Augenblick verkrochen sich alle diese unbedeutenden Gefühlchen vor dem schrecklichsten Donnerschlag an Überraschung, der dem Major je in seinem kühnen und bewegten Leben vorgekommen war. Sein Blick fiel auf den Garten, und dort inmitten der Rasenfläche glühten auf einem großen Beet kunstvoll gepflanzte Stiefmütterchen. Es waren herrliche Blumen, aber Major Brown sah ihre gärtnerische Vollendung gar nicht, denn die Stiefmütterchen waren in riesigen Buchstaben angeordnet. Sie bildeten die Worte:

TOD DEM MAJOR BROWN!

Ein freundlich dreinblickender alter Mann mit weißem Bart war gerade dabei, sie zu begießen.
Brown blickte schnell auf die hinter ihm liegende Straße zurück – der Mann mit dem Schubkarren war nicht mehr zu sehen. Dann blickte er wieder auf den Rasen, auf dem die unglaubliche Inschrift leuchtete. Romantische Damen schwärmten zwar von seinen Kriegsauszeichnungen und seinen soldatischen Heldentaten; dennoch hatte er manchmal das Gefühl, doch eigentlich ein peinlich prosaischer Mensch zu sein. Das Gefühl sagte ihm jetzt aber, daß er unheilbar geistesklar war. Ein anderer hätte vielleicht noch an einen Scherz geglaubt, aber Brown konnte das nicht annehmen. Er wußte, da er sich viel mit Blumen beschäftigte, daß dieses Blumenarrangement sehr kunstvoll und kostspielig war, und er hielt es für lächerlich unwahrscheinlich, daß jemand Geld wie Wasser wegschütten würde, nur um ihm einen Streich zu spielen. Da er keinerlei Erklärung für diese seltsame Geschichte fand, gab er als Mann mit klarem Kopf den Tatsachenbestand zu und verhielt sich vorerst abwartend, wie er es etwa angesichts eines Mannes mit sechs Beinen auch getan hätte.
Gerade in diesem Moment blickte der weißbärtige Alte auf. Die Gießkanne fiel ihm aus der Hand, so daß das Wasser blubbernd auf den Kiesweg sprudelte.
»Um Himmels willen, wer sind Sie?« ächzte er unter heftigem Zittern.
»Ich bin Major Brown«, antwortete unser Held, der in der Stunde der Gefahr stets kühl bis ans Herz blieb.
Der alte Mann schnappte hilflos wie ein großer gestrandeter

Seefisch nach Luft. Schließlich stammelte er aufgeregt hervor: »Steigen Sie ... steigen Sie herab!«
»Wie Sie wollen«, sagte der Major und sprang mit einem Satz neben den Alten auf den Rasen, ohne seinen Zylinder zu verrücken.
Der alte Mann drehte ihm seinen breiten Rücken zu und lief in watschelndem Trab auf das Haus zu. Der Major folgte mit schnellen Schritten. Der Weg führte durch den hinteren Flur des düsteren, aber prächtig eingerichteten Hauses, bis der alte Mann sich an der Tür des Vorderzimmers umdrehte. Sein vor Angst verzerrtes Gesicht leuchtete undeutlich aus dem Dämmerlicht.
»Sprechen Sie um Himmels willen nicht von Schakalen«, sagte er. Dann riß er die Tür auf und klapperte schleunigst die Küchentreppe hinab. Ein Strom roten Lichts ergoß sich auf den Flur.
Der Major trat mit dem Hut in der Hand in ein reich ausgestattetes Zimmer, in dem es von rotem Kupfergeschirr und prächtigbunten Wandbehängen nur so funkelte. Der Major war verdutzt, geriet jedoch dank seiner weltmännischen Sicherheit nicht im geringsten aus der Fassung, als er sah, daß die einzige Person im Zimmer eine Dame war, die am Fenster saß und auf die Straße hinausblickte.
»Entschuldigen Sie, gnädige Frau«, sagte er mit schlichter Verbeugung, »Major Brown.«
»Nehmen Sie, bitte, Platz«, sagte die Dame, ohne den Kopf zu wenden.
Sie war eine anmutige Erscheinung in grünem Kleid, mit brennendrotem Haar, und es ging ein gewisses mondänes Fluidum von ihr aus.
»Sie sind wohl«, sagte sie in traurigem Ton, »wegen dieser scheußlichen Dokumente gekommen?«
»Ich bin gekommen, gnädige Frau«, sagte der Major, »um zu erfahren, was hier vorgeht. Ich möchte wissen, warum mein Name in Ihrem Garten steht, noch dazu in nicht gerade einladender Weisc.«
Er sprach in grimmigem Ton, denn die Sache erschien ihm doch gar zu toll. Man kann unmöglich die Wirkung beschreiben, die von jener in den friedlichen, sonnigen Garten geschriebenen fürchterlichen Drohung ausging. Der Garten lag so ruhig da, von stiller Abendluft erfüllt, während der Rasen in goldener Pracht die geliebten kleinen Blumen umfaßte, die in blutrünstigem Aufschrei vom Himmel den Tod des Majors verlangten.

»Ich darf mich nicht umwenden«, sagte die Dame, »jeden Nachmittag bis Schlag sechs muß ich mein Gesicht unablässig der Straße zudrehen.«
Irgendeine seltsame Inspiration bewirkte, daß der prosaische Soldat dieses unhöfliche, rätselhafte Betragen ohne großes Erstaunen hinnahm.
»Es ist gleich sechs«, sagte er, und kaum hatte er ausgesprochen, als die vorsintflutliche Kupferuhr an der Wand den ersten Schlag tat. Beim sechsten sprang die Dame auf und drehte sich herum. Selten hatte der Major ein zugleich so merkwürdiges und hübsches Gesicht gesehen, es war offen und doch geheimnisvoll unergründlich. So mußten Elfen aussehen.
»Heute jährt sich der Tag zum dritten Mal, seitdem ich hier warte«, rief sie aus. »Das Warten ist so qualvoll, daß man beinahe wünschen könnte, das Schreckliche möchte eintreten, nur damit man endlich Ruhe hat.«
Und während sie noch sprach, wurde die Stille von einem fürchterlichen Schrei zerrissen. Drunten von der im fahlen Licht liegenden Straße her (es war bereits dämmrig geworden) schrie eine Stimme mit erbarmungsloser Deutlichkeit:
»Major Brown, Major Brown, wo haust der Schakal?«
Wenn Gefahr drohte, war Brown ebenso entschlossen wie schweigsam. Er schritt zur Haustür und blickte hinaus. In dem blauen Dämmerlicht der Straße, in dem gerade der gelbe Schein einiger Lampen aufglitzerte, war kein Zeichen irgendwelchen Lebens zu erspähen. Als er zurückkehrte, sah er, daß die Dame in Grün heftig zitterte.
»Dies ist das Ende«, rief sie mit bebenden Lippen, »womöglich müssen wir beide sterben. Wenn . . .«
Sie wurde von einem heiseren Ruf unterbrochen, der ebenso schrecklich deutlich war wie der erste.
»Major Brown, Major Brown, wie starb der Schakal?«
Brown stürzte aus der Tür und sprang die Treppe hinab, aber wiederum bemerkte er nichts. Es war niemand zu sehen, und die Straße war viel zu lang und leer, als daß der Rufer hätte davonlaufen können. Sogar der kaltblütige Major zitterte etwas, als er nach einer Weile ins Zimmer zurückkehrte. Kaum hatte er es betreten, ließ sich die schreckliche Stimme wieder hören:
»Major Brown, Major Brown, wo . . .«
Brown stand fast mit einem Sprung auf der Straße, gerade zur rechten Zeit, um – etwas zu sehen, das ihm beim ersten Anblick

das Blut in den Adern erstarren ließ. Die Schreie schienen von einem auf dem Pflaster liegenden, abgeschlagenen Kopf zu kommen.

Im nächsten Augenblick ging dem blaß gewordenen Major ein Licht auf. Es war der Kopf eines Mannes, der aus dem Kellerloch heraussah. Im nächsten Moment war der Kopf wieder verschwunden, und Major Brown rannte zu der Dame zurück. »Wo ist Ihr Kohlenkeller?« fragte er und trat auf den Korridor hinaus.

Sie blickte ihn mit wild flackernden grauen Augen an. »Sie wollen doch wohl nicht allein in den dunklen Keller gehen«, schrie sie, »wenn das Ungeheuer drunten ist?«

»Geht's hier entlang?« erwiderte Brown und sprang die Küchentreppe hinab, drei Stufen mit einem Schritt nehmend. Er riß die Tür einer ihn schwarz angähnenden Höhle auf, trat ein und suchte in seinen Taschen nach Streichhölzern. Während seine rechte Hand so beschäftigt war, griffen aus der Dunkelheit zwei große klebrige Fäuste nach ihm, die offenbar einem Mann von riesenhaftem Körperbau gehörten, und packten ihn beim Genick. Sie zerrten ihn in den stickigen, dunklen Raum, wie wenn ihn das Schicksal selbst mit brutaler Gewalt ergriffe. Aber des Majors Kopf war, obgleich zu Boden gedrückt, vollkommen klar und urteilsfähig. Er gab dem Druck ruhig nach, bis er fast auf allen vieren kroch. Als er aber die Knie des unsichtbaren Ungeheuers dicht vor sich fühlte, streckte er einfach eine seiner langen, knochigen und sehnigen Hände aus, krallte sie um einen Schenkel und legte den mächtigen, baumlangen Kerl dröhnend um. Der wollte sich hochrappeln, aber Brown sprang mit katzenartiger Behendigkeit auf ihn. Sie wälzten sich um und um. So stark der Mann war, hatte er doch offenbar jetzt nur den einen Wunsch, zu entkommen. Er reckte sich nach dieser und jener Seite, um dem Major zu entschlüpfen, aber dieser ließ nicht los, hielt ihn mit der einen Hand am Rockkragen und klammerte sich mit der anderen an einer Latte fest. Schließlich zerrte dieser Mordskerl aber doch so gewaltig, daß Major Brown dachte, die Hand würde ihm vom Arm gerissen. Aber etwas anderes riß und löste sich; die dunkle, massige Gestalt des Riesen verschwand aus dem Keller. Nur sein zerrissener Rock blieb in der Hand des Majors. Das war nun das einzige Ergebnis seines Abenteuers und der einzige Schlüssel zu dem Geheimnis. Denn als er hinaufging und zur Haustür stürmte, waren die Dame, die kostbaren Wandbehänge und die

ganze Einrichtung des Hauses verschwunden. Er sah nur noch nackte Dielen und weißgetünchte Mauern . . .
»Die Dame war natürlich an dem Komplott beteiligt«, sagte Rupert. Major Brown wurde puterrot. »Verzeihen Sie, bitte«, sagte er, »ich glaube nicht.«
Rupert zog die Augenbrauen hoch und blickte den Major kurz an, sagte aber nichts. Als er die Sprache wiedergefunden hatte, fragte er: »Haben Sie die Rocktaschen durchsucht?«
»Ich habe in den Taschen fünfundsechzig Pfennig in Kupfer und eine Silbermünze gefunden«, sagte der Major bedächtig, »ferner eine Zigarettenspitze, ein Stück Bindfaden, sowie diesen Brief.« Damit legte er den Brief auf den Tisch. Er lautete wie folgt:

»Lieber Herr Plover!
Ich höre leider, daß die Vorbereitungen in Sachen Major Brown eine Verzögerung erfahren haben. Sorgen Sie doch bitte dafür, daß er, wie abgemacht, morgen überfallen wird. Im Kohlenkeller natürlich.
Mit vorzüglicher Hochachtung
P. G. Northover.«

Rupert Grant lehnte sich vor und hörte gespannt zu. Er hatte die reinsten Habichtsaugen. Er fragte sofort:
»Ist keine Adresse angegeben?«
»Nein . . ., doch, ja!« antwortete Brown nach einer nochmaligen Prüfung, »Tanner Lane 14, Northover . . .«
Rupert sprang auf und schlug die Hände zusammen.
»Warum vertrödeln wir dann hier die Zeit? Brechen wir auf! Basil, leih mir deinen Revolver.«
Basil starrte in die Kaminglut wie ein Hypnotisierter, und es dauerte eine ganze Weile, bis er sagte:
»Ich glaube nicht, daß du ihn brauchen wirst.«
»Vielleicht nicht«, schnarrte Rupert, der in seinen Pelzmantel schlüpfte. »Man kann niemals wissen. Aber wenn man in eine dunkle Gasse geht, um Verbrecher aufzuspüren . . .«
»Glaubst du, daß es sich hier um Verbrecher handelt?« fragte sein Bruder.
Rupert lachte laut auf. »Der Befehl an einen Untergebenen, einen harmlosen Menschen in einem Kohlenkeller zu erwürgen, mag dir als ein sehr nettes Experiment erscheinen, aber . . .«
»Glaubst du, daß man den Major erwürgen wollte?« fragte Basil in demselben schläfrigen und gleichgültigen Ton.

»Du hast geschlafen, alter Knabe. Sieh dir den Brief an!«
»Ich sehe ihn mir an«, sagte der geisteskranke Richter ruhig, obgleich er in Wirklichkeit in das Feuer blickte. »Ich glaube nicht, daß ein Verbrecher an den anderen einen solchen Brief schreibt.«
»Du bist glänzend, mein Lieber«, rief Rupert und sah seinen Bruder an, während seine hellen blauen Augen lachten. »Deine Methoden setzen mich in Erstaunen. Hier, da liegt der Brief. Es steht schwarz auf weiß da, er gibt Anweisungen für ein Verbrechen. Du könntest ebensogut sagen, daß es eigentlich unverständlich ist, wie man auf den Gedanken kommen konnte, die Nelson-Säule auf dem Trafalgar Square aufzustellen.«
Basil Grant wurde von einer Art stillen Lachens geschüttelt, blieb aber sonst unbewegt.
»Ganz gut gesagt«, bemerkte er, »aber mit einer solchen Logik kann man hier nichts anfangen. Es kommt hier auf das Gefühl an. Der Brief stammt von keinem Verbrecher.«
»Doch. Da liegt er, Tatsachen kannst du doch nicht abstreiten«, rief der andere in einem wilden Ausbruch logischer Folgerichtigkeit.
»Tatsachen«, murmelte Basil, als ob er von sonderbaren, fremdländischen Tieren spräche, »wie verdunkeln doch Tatsachen die Wahrheit! Ich mag ein Narr sein – und tatsächlich habe ich ja meine fünf Sinne nicht alle beisammen –, aber ich konnte mich niemals für den Mann begeistern, der da in diesen tollen Geschichten auftritt – wie heißt er doch noch? –, für Sherlock Holmes. Jede Einzelheit weist mit Sicherheit auf eine Spur, aber meistens auf die falsche. Tatsachen zeigen nach allen Richtungen, etwa wie die tausend Zweige eines Baumes. Aber jeder Zweig muß verdorren ohne das Leben des Baumes selbst, das dem Ganzen erst die Einheit gibt und alles zusammenhält – ohne das grüne Blut, das wie ein Springquell zu den Sternen aufsteigt.«
»Aber was soll der Brief denn sonst für einen Sinn haben?«
»Er kann alles mögliche bedeuten«, antwortete der Mystiker. »Hier öffnet sich ein unbegrenztes Feld von Vermutungen. Der einzige Anhaltspunkt ist der Brief, wenigstens für uns. Ich sehe mir den Brief an und sage: von einem Verbrecher ist er nicht geschrieben.«
»Welchen Motiven soll er denn seine Entstehung zu verdanken haben?«
»Keine Ahnung.«
»Warum nimmst du dann nicht die natürliche Erklärung an?«

Basil starrte noch eine Weile in die Glut und schien zerknirscht und mit schmerzlicher Anstrengung seine Gedanken zu sammeln. Dann sagte er:
»Stell dir vor, du gingest in einer Mondnacht spazieren. Stell dir vor, du gehst durch stille, silbern glitzernde Straßen, bis du auf einen großen, menschenleeren, mit ein paar Denkmälern bestandenen Platz kommst, und dort siehst du in dem silbrigen Licht ein Ballettmädchen tanzen. Stell dir vor, du nimmst die Tänzerin näher in Augenschein und entdeckst, daß das Ballettmädchen ein verkleideter Mann ist. Und stell dir ferner vor, du entdeckst bei noch genauerem Zusehen, daß dieser Mann der Premierminister Baldwin ist. Was würdest du denken?«
Er hielt einen Augenblick inne und fuhr dann fort:
»Du würdest mit der natürlichen Erklärung nicht zufrieden sein. Die natürliche Erklärung für die Sucht, sich auffallend anzuziehen, ist der Glaube, daß man in solch sonderbarer Kleidung hübsch aussieht. Du würdest nicht auf den Gedanken kommen, daß Baldwin sich aus ganz einfacher persönlicher Eitelkeit als Ballettmädchen verkleidet. Du würdest es für viel wahrscheinlicher halten, daß er von seiner Urgroßmutter einen Tanzkoller geerbt hat oder bei einem okkultistischen Abend hypnotisiert oder von einer geheimen Gesellschaft mit dem Tode bedroht worden ist, falls er sich weigern würde, zu mitternächtlicher Stunde als Ballettmädchen aufzutreten. Bei Churchill könnte man vielleicht an eine Wette denken, aber bei Baldwin nicht. Genauso ist es mit diesem Brief. Die natürliche Erklärung taugt hier nichts. Es kommt auf die Atmosphäre an, die ihn umgibt. Und darum sage ich: Dieser Brief rührt von keinem Verbrecher her.«
Er schloß die Augen und strich sich mit der Hand über die Stirn.
Rupert und der Major betrachteten ihn achtungsvoll und mitleidig zugleich. Dann sagte Rupert:
»Nun, ich glaube jedenfalls und werde diesen Glauben bis zur Bestätigung deiner sonderbaren Theorie bewahren, daß ein Mann, der brieflich ein Verbrechen anordnet, und zwar ein Verbrechen, das dann tatsächlich, wenigstens versuchsweise, unternommen wird, ein Herr von ziemlich zweifelhaften Qualitäten ist. Kann ich den Revolver haben?«
»Gewiß«, sagte Basil und stand auf. »Aber ich gehe mit dir.« Er warf einen alten Mantel um und nahm einen Stockdegen aus der Ecke.
»Du?« sagte Rupert überrascht. »Du steigst doch sonst aus deinem

Loch hier nur bei ganz besonderen Gelegenheiten auf das weite Erdenrund hinab!«
Basil stülpte einen mächtigen hellen Zylinderhut auf und antwortete mit unbewußter, aber kolossaler Anmaßung: »Wenn ich von einer Sache auf dem weiten Erdenrund höre, die ich nicht sofort verstehe, so breche ich meistens gleich auf, um sie in Augenschein zu nehmen.«
Und damit setzte er sich an unsere Spitze und führte uns in den dunklen Abend hinaus.
Wir ließen die hellen Straßen von Lambeth hinter uns und gingen über die Westminster-Brücke, am Themsekai entlang durch die Gegend von Fleet Street, in der Richtung auf die Tanner Lane zu. Die straffe schwarze Gestalt des Majors Brown bildete, von hinten gesehen, einen seltsamen Gegensatz zu dem gebückten, jagdhundartigen Einherschleichen und dem weiten Mantel des jungen Rupert Grant, der mit kindlicher Freude alle Posen eines Romandetektivs nachahmte. Die beste unter seinen vielen Eigenschaften war seine jungenhafte Freude an der Poesie und dem Lokalkolorit Londons. Basil, der zurückgeblieben war und mit geschlossenen Augen zu den Sternen blickte, sah aus wie ein Schlafwandler.
Am Eingang der Tanner Lane machte Rupert, der schon im voraus den Reiz drohender Gefahr auskostete, halt und griff in seiner Manteltasche nach Basils Revolver.
»Sollen wir jetzt hineingehen?« fragte er.
»Nicht die Polizei holen?« fragte Major Brown, der die Straße auf und ab spähte.
»Ich weiß nicht recht«, antwortete Rupert mit gerunzelter Stirn. »Es ist natürlich klar, daß die Sache ihren Haken hat, aber schließlich sind wir zu viert, und ...«
»Ich würde die Polizei nicht belästigen«, sagte Basil mit sonderbarer Stimme. Rupert sah ihn groß an.
»Basil«, rief er, »du zitterst ja! Was ist mit dir? Hast du Angst?«
»Vielleicht ein Fieberanfall«, sagte der Major. Es war deutlich zu sehen, daß Basil zitterte.
Als Rupert ihn noch eine Weile betrachtet hatte, fluchte er plötzlich.
»Du lachst«, rief er. »Ich kenne dieses verfluchte stille Lachen an dir, das dich hin und her schüttelt. Worüber, zum Teufel, lachst du denn eigentlich, Basil? Hier stehen wir drei ein paar Schritte von einer Räuberhöhle entfernt ...«

»Aber die Polizei würde ich nicht rufen«, sagte Basil. »Wir vier Helden nehmen es mit einer ganzen Bande auf.« Er fuhr fort, in sich hineinzulachen; wir jedoch vermochten beim besten Willen die Ursache seiner Heiterkeit nicht zu entdecken.

Rupert wandte sich ungeduldig ab und ging schnell in die Gasse hinein, während wir übrigen folgten. Als er das Haus Nummer 14 erreichte, drehte er sich plötzlich um, in seiner Hand blitzte der Revolver.

»Dicht aufgeschlossen!« befahl er mit der Stimme eines Frontoffiziers. »Es ist möglich, daß der Verbrecher einen Fluchtversuch macht. Wir müssen die Tür aufreißen und alle auf einmal hineinstürzen.«

Wir drängten uns dicht an die Mauer, in äußerster Spannung, nur der alte Richter schüttelte sich immer noch vor Lachkrämpfen.

»Jetzt«, zischte Rupert Grant und drehte uns über die Schulter sein bleiches Gesicht mit den glühenden Augen zu, »bei ›vier‹ stürzt ihr sofort hinter mir her! Wenn ich rufe ›packt ihn‹, so packt zu, wenn es auch mehrere sind. Wenn ich sage ›halt‹, so wird haltgemacht. Wenn sie uns angreifen, werde ich schießen. Halt deinen Stockdegen bereit, Basil! Jetzt – eins, zwei, drei, vier!«

Sobald das Wort aus seinem Munde kam, flog die Tür auf, und wir stürzten vor wie ein Regiment beim Sturmangriff, um im nächsten Augenblick zu Eissäulen zu erstarren.

Der Raum, ein herkömmliches, nett eingerichtetes Büro, schien auf den ersten Blick leer zu sein. Aber als wir genauer zusahen, erblickten wir hinter einem sehr großen Schreibtisch mit unzähligen Fächern und Schubladen einen kleinen Mann mit schwarzem, pomadisiertem Schnurrbart, der fleißig schrieb und sich in nichts von einem sehr durchschnittlichen Büromenschen unterschied. Als wir vollends erstarrt waren, blickte er auf.

»Haben Sie geklopft?« fragte er freundlich. »Ich habe es leider nicht gehört. Womit kann ich Ihnen dienen?«

Wir wußten nicht, was wir antworten sollten, bis schließlich, unter allgemeiner Zustimmung, das Opfer des Verbrechens, der Major, vortrat.

Er hielt den Brief in der Hand und blickte ungewöhnlich streng drein.

»Heißen Sie P. G. Northover?« fragte er.

»So heiße ich«, erwiderte der andere lächelnd.

»Ich nehme an«, sagte der Major, dessen finsteres Gesicht noch

finsterer wurde, »daß dieser Brief von Ihnen geschrieben wurde.« Und mit einem krachenden Faustschlag legte er den Brief auf den Schreibtisch. Der Mann, der den Namen Northover führte, besah sich den Brief mit ungeheucheltem Interesse und nickte nur.
»Nun«, schnaufte der Major, »was sagen Sie dazu?«
»Ja, was soll ich dazu sagen!« erwiderte der Mann mit dem Schnurrbart.
»Ich bin Major Brown.«
Northover verbeugte sich. »Freut mich, Sie kennenzulernen, Herr Major. Was haben Sie mir mitzuteilen?«
»Mitzuteilen?« rief der Major, dem der Geduldsfaden riß. »Ich verlange, daß diese verdammte Geschichte in Ordnung gebracht wird. Ich verlange ...«
»Gewiß, Herr Major.« Northover sprang auf und zog leicht die Augenbrauen hoch. »Wollen Sie, bitte, einen Augenblick Platz nehmen.« Er drückte auf den Knopf einer elektrischen Klingel, und man hörte, wie es im Nebenzimmer läutete. Der Major legte die Hand auf die Lehne des ihm angebotenen Stuhles, blieb aber wütend stehen und trommelte mit seinem eleganten Schuh unruhig auf den Fußboden. Im nächsten Augenblick öffnete sich eine Glastür, und herein trat ein blonder, hochaufgeschossener junger Mann, der einen Gehrock trug.
»Herr Hopson«, sagte Northover, »das ist Herr Major Brown. Wollen Sie, bitte, die Sache, die ich Ihnen heute morgen gab, fertig machen und herbringen?«
»Jawohl«, sagte Herr Hopson und verschwand blitzartig.
»Sie werden entschuldigen, meine Herren«, sagte der treffliche Northover mit seinem strahlendsten Lächeln, »wenn ich in meiner Arbeit fortfahre, bis Herr Hopson fertig ist. Ich muß meine Bücher noch in Ordnung bringen, denn ich fahre morgen aufs Land. So'n bißchen Landluft frischt einen wieder auf, wie? Haha!«
Mit kindlichem Lachen nahm der Verbrecher seine Feder zur Hand, und es trat Schweigen ein. Mit heiterem Fleiß füllte Northover diese Pause des Schweigens aus, alle anderen brachten sie in ungeduldiger Erwartung hin.
Schließlich wurde die kratzende Feder Northovers von einem Klopfen an der Tür übertönt, fast gleichzeitig mit dem Klopfen bewegte sich der Türgriff, und Herr Hopson glitt wieder mit derselben lautlosen Schnelligkeit herein, legte seinem Prinzipal ein Blatt Papier hin und verschwand wieder.

Der Mann am Schreibtisch zupfte und drehte, während er seine Blicke über das Papier gleiten ließ, an seinem stachligen Schnurrbart herum. Mit einem leichten, ganz kurz dauernden Stirnrunzeln nahm er die Feder zur Hand und änderte etwas, und man hörte, wie er dabei das Wort »nachlässig« murmelte. Dann überlas er das Ganze noch einmal mit derselben unerschütterlichen Ruhe und reichte es schließlich dem vor Erwartung fast irrsinnig gewordenen Brown hin, dessen Finger einen tollen Tanz auf der Stuhllehne aufführten.
»Ich denke, Sie werden das als richtig befinden, Herr Major«, bemerkte Northover kurz.
Der Major sah sich das Schriftstück an. Ob er es als richtig befand oder nicht, wird sich später zeigen, vorerst schien ihm der bloße Wortlaut Schwierigkeiten zu machen. Der Wortlaut war folgender:

RECHNUNG

für Herrn Major Brown von P. G. Northover

1. Januar	
Laut erhaltener Rechnung	106,–
9. Mai	
Für Eintopfen und Einbetten	
von 200 Stiefmütterchen	40,–
Transport der Blumen	15,–
Lohn für Transportführer	5,–
Miete für Haus und Garten	
für einen Tag	20,–
Für Ausstattung des Zimmers . . .	60,–
Gage für Fräulein Jameson	20,–
Gage für Herrn Plover	20,–
Summa:	286,–

Zahlung freundlichst erbeten.

»Was«, sagte Brown, dessen Augen langsam aus dem Kopf zu quellen schienen, nach einer Weile starren Schweigens, »was, in Teufels Namen, soll das bedeuten?«
»Was das bedeuten soll?« wiederholte Northover, der belustigt die Augenbrauen hochzog. »Das ist Ihre Rechnung.«
»Meine Rechnung?« Dem Major wurde es offenbar schwindelig zumute. »Meine Rechnung! Und was soll ich damit anfangen?«
»Je nun«, sagte Northover und lachte laut auf, »am liebsten wäre es mir natürlich, wenn Sie sie bezahlen würden.«

Des Majors Hand lag noch auf der Stuhllehne, als Northover diese Worte sprach. Der Major bewegte nur den Arm. Er hob den Stuhl mit einer Hand hoch und schleuderte ihn nach Northovers Kopf.
Der Stuhl krachte gegen den Schreibtisch, so daß Northover nur einen Schlag an den Ellbogen erhielt, als er mit geballten Fäusten aufsprang. Wir übrigen stürzten jedoch sofort auf ihn los und packten ihn. Der Stuhl war polternd auf die bloßen Dielen gefallen.
»Laßt mich los, ihr Schurken!« schrie Northover. »Laßt mich ...«
»Stillgestanden und nicht mehr gerührt!« rief Rupert gebieterisch. »Major Brown hat ganz recht gehandelt. Das scheußliche Verbrechen, das Sie versucht haben ...«
»Ein Kunde hat durchaus das Recht«, sagte Northover hitzig, »gegen eine angebliche Überforderung Einwendungen zu erheben, aber beileibe nicht, mit Möbelstücken herumzuwerfen.«
»Was, in Gottes Namen, meinen Sie mit Ihrem Kunden und Überforderungen?« kreischte der Major, dessen in Schmerz oder Gefahr so standhafte, sonst aber ausgeprägt weibische Natur angesichts dieses lange anhaltenden und unlösbaren Geheimnisses fast hysterische Züge annahm. »Wer sind Sie? Ich habe weder Sie noch Ihre unverschämten Schwindelrechnungen jemals zu Gesicht bekommen. Ich weiß, daß einer Ihrer verdammten Kerle mich zu erwürgen versucht hat ...«
»Verrückt«, sagte Northover, der uns fassungslos ansah, »alle miteinander verrückt. Ich hatte keine Ahnung, daß die Verrückten neuerdings in Schwärmen umherziehen.«
»Machen Sie keine Ausflüchte«, fiel ihm Rupert ins Wort. »Ihr verbrecherisches Treiben ist entdeckt. Am Eingang der Gasse hält ein Polizist Wache. Obgleich ich selbst nur Privatdetektiv bin, werde ich es doch verantworten können, Ihnen zu sagen ...«
»Verrückt!« wiederholte Northover, dem die Sache allmählich zu dumm wurde.
Und in diesem Augenblick vernahm man zum ersten Mal in diesem Raum die seltsame, ruhige Stimme Basil Grants.
»Darf ich eine Frage an Sie richten, Herr Major?«
»Sie?« rief der Major, der überhaupt nicht mehr wußte, wo ihm der Kopf stand. »Gewiß, Herr Grant.«
»Können Sie mir sagen«, fragte der Mystiker mit gesenktem Kopf und nachdenklicher Miene, »können Sie mir sagen, wie der Mann hieß, der vor Ihnen in Ihrem Hause wohnte?«

Eine solche unerhebliche Frage konnte die Verwirrung des unglücklichen Majors nur steigern, soweit das überhaupt noch möglich war. So antwortete er, als ob es ziemlich nebensächlich sei, was er sagte:
»Ja, ich glaube wohl, ein Mann namens Gurney und noch so was dazu ..., ein Bindestrichname ..., Gurney-Brown, ja, so hieß er.«
»Und wann sind Sie eingezogen?« fragte Basil scharf aufblickend. In seinen Augen war es hell geworden.
»Vergangenen Monat«, sagte der Major.
Und bei diesem Wort fiel der verbrecherische Northover plötzlich in seinen großen Bürostuhl und brüllte vor Lachen.
»Famos! Ganz ausgezeichnet!« keuchte er, während er mit den Fäusten auf die Lehne schlug. Er lachte, daß einem die Ohren dröhnten, während Basil in sich hineingluckste und wir anderen das Gefühl hatten, als drehten sich unsere Köpfe wie Wetterfahnen im Sturm.
Rupert stampfte auf den Boden und rief: »Hol dich der Teufel, Basil! Wenn du nicht willst, daß ich verrückt werde und dir dein metaphysisches Gehirn aus dem Schädel blase, so sage mir, was all dies zu bedeuten hat.«
Northover erhob sich.
»Erlauben Sie, daß ich die Sache erkläre«, sagte er. »Und vor allem gestatten Sie, Herr Major Brown, daß ich mich bei Ihnen wegen eines sehr peinlichen und unverzeihlichen Irrtums entschuldige, der Ihnen Bedrohung und Ungelegenheiten verursacht hat. Ich darf wohl sagen, daß Sie in dieser Lage erstaunlichen Mut und große Würde bewiesen haben. Über die Rechnung brauchen Sie sich natürlich keine Sorgen zu machen. Wir werden die Summe auf unser Verlustkonto buchen.« Er riß die Rechnung entzwei, warf die beiden Hälften in den Papierkorb und verbeugte sich.
Des armen Brown Gesicht war immer noch ganz verzerrt. »Aber ich begreife immer noch gar nichts«, rief er. »Was soll die Rechnung? Was heißt hier Irrtum? Was reden Sie da von Verlustkonto?«
Herr P. G. Northover trat bedächtig und würdevoll, ohne daß sein Benehmen affektiert erschien, in die Mitte des Zimmers vor. Bei näherer Betrachtung entdeckte man an ihm noch etwas anderes als einen hochgezwirbelten Schnurrbart: ein mageres, bleiches, scharfgeschnittenes Gesicht, das ehemals ziemlich intelligent ausgesehen haben mußte. Er warf den Kopf hoch.

»Wissen Sie, wo Sie sich befinden, Herr Major?« fragte er.
»Gott ist mein Zeuge, ich weiß es nicht«, antwortete der Major feierlich.
»Sie stehen hier«, fuhr Northover fort, »in dem Büro der Agentur für romantische Abenteuer, GmbH.«
»Was für eine Agentur?« fragte Brown verblüfft.
Der prosaische Leiter der romantischen Agentur heftete seine dunklen Augen auf den Major.
»Herr Major, haben Sie schon jemals, wenn Sie an einem langweiligen Nachmittag eine leere Straße entlanggingen, das unstillbare Verlangen nach einem aufregenden Ereignis verspürt, wie es etwa Walt Whitman mit den blendenden Worten umreißt: ›Etwas Gefährliches und Schreckliches, etwas, das weit vom ehrbaren Spießerdasein abliegt; etwas ganz Neues, etwas Traumhaftes; etwas, das sich vom Anker losgerissen hat und frei auf den Wellen treibt.‹ – Haben Sie jemals dieses Verlangen gespürt?«
»Niemals«, sagte der Major kurz.
»Dann muß ich mich ausführlicher über diesen Punkt verbreiten«, seufzte Northover. »Die Agentur für romantische Abenteuer wurde gegründet, um ein großes Bedürfnis unserer Zeit zu befriedigen. Auf allen Seiten, in der Unterhaltung und in der Literatur, spüren wir das Verlangen nach größeren und stärkeren Erlebnissen, den Wunsch nach aufregenden Geschehnissen, die uns plötzlich überfallen und uns aus dem Alltag ins Märchenland entführen. Jemand, der dieses Verlangen nach Abwechslung verspürt, zahlt jährlich oder vierteljährlich eine bestimmte Summe an die Agentur für romantische Abenteuer, und als Gegenleistung verschafft ihm die Agentur aufregende oder unheimliche Erlebnisse. Wenn jemand sein Haus verläßt, tritt ein Mann aufgeregt auf ihn zu und teilt ihm mit, daß man eine Verschwörung gegen sein Leben angezettelt habe; er steigt in eine Droschke und landet in einer Opiumhöhle; er empfängt ein geheimnisvolles Telegramm oder einen aufregenden Besuch und befindet sich so im Handumdrehen in einem Strudel toller Geheimnisse. Jedes dieser Erlebnisse wird vorher von einem Mitglied unseres Stabes ausgezeichneter Romanschreiber, die auch zur Zeit im anstoßenden Zimmer fleißig an der Arbeit sind, in einer romantischen und spannenden Geschichte ausgearbeitet. Das Ihrige, Herr Major Brown, das von unserem Herrn Grigsby entworfen ist, halte ich für ganz besonders gelungen. Es ist

beinahe schade, daß Sie die Handlung nicht bis zum Schluß verfolgt haben. Über den ungeheuerlichen Irrtum, der uns hierbei unterlaufen ist, brauche ich ja wohl keine weiteren Erklärungen abzugeben. Herr Gurney-Brown, der vor Ihnen in Ihrem jetzigen Hause gewohnt hat, war ein Kunde unserer Agentur, und unsere Tölpel von Angestellten haben weder auf die Würde des Bindestriches noch auf den Nimbus des militärischen Ranges geachtet und tatsächlich Herrn Major Brown und Herrn Gurney-Brown für dieselbe Person gehalten, und so gerieten Sie plötzlich mitten in die Geschichte eines anderen.«

»Und wie geht das Geschäft?« fragte Rupert Grant ganz bezaubert mit strahlenden Augen.

»Wir betrachten die Sache nicht nur vom geschäftlichen Standpunkt aus, sondern glauben, ein gutes Werk zu tun«, sagte Northover mit großer Wärme. »Es erschien uns immer als eine merkwürdige und bedauerliche Tatsache des heutigen Lebens, daß der moderne Mensch seine Phantasie nur im sitzenden Zustande befriedigen kann. Wenn er einen Ausflug ins Märchenland unternehmen will, liest er ein Buch; wenn er sich ins Schlachtgewühl stürzen will, liest er ein Buch; wenn er in den Himmel aufsteigen will, liest er ein Buch; wenn er das Treppengeländer hinabrutschen will, liest er ein Buch. Wir setzen seine Phantasie in Wirklichkeit um, aber wir verschaffen ihm gleichzeitig auch körperliche Bewegung, wir zwingen ihn, von Mauer zu Mauer zu springen, Boxkämpfe mit unheimlichen Gesellen auszufechten, sich vor Verfolgern durch endlose Straßen zu flüchten – alles gesunde und lustvolle Bewegungen. Wir lassen ihn einen Blick in die große, morgenfrische Welt tun, da die Straßen noch von Wegelagerern und fahrenden Rittern wimmelten, da in reiner Luft und unter strahlendem Himmel um Tod oder Leben gespielt wurde. Wir geben ihm seine Kindheit zurück, jene göttliche Zeit, in der wir selbst Geschichten spielen, unsere eigenen Helden sind und gleichzeitig tanzen und träumen.«

Basil sah ihn verwundert an. Die sonderbarste psychologische Entdeckung war bis zum Schluß aufgespart worden, denn als der kleine Geschäftsmann aufhörte zu sprechen, hatte er die glänzenden Augen eines Schwärmers.

Major Brown nahm die Erklärung mit völliger Gefaßtheit und gutem Humor auf.

»Tolle Sache natürlich«, sagte er. »Idee zweifellos ausgezeichnet. Aber ich glaube nicht ...« Er machte eine kleine Pause und blickte träumerisch zum Fenster hinaus. »Ich glaube nicht, daß Sie auf mich als Kunden rechnen können. Wenn man die Sache in Wirklichkeit gesehen hat, wissen Sie – Blut und schreiende Menschen –, ist man froh, wenn man ein Häuschen besitzt und sein Steckenpferd reiten kann. Wie es in der Bibel heißt: ›Am siebenten Tag aber ruhte Gott.‹«

Northover quittierte diese Erklärung mit einer Verbeugung. Nach einer Pause sagte er dann:

»Darf ich Ihnen meine Karte geben, meine Herren? Wenn einer von Ihnen trotz der soeben von Herrn Major Brown vorgetragenen Meinung sich einmal mit mir in Verbindung setzen möchte ...«

»Ich wäre für Karte dankbar«, fiel der Major in seinem abrupten, aber höflichen Ton ein, »Schadenersatz für zerbrochenen Stuhl.«

Der Leiter der Agentur für romantische Abenteuer überreichte lachend seine Karte.

Sie war bedruckt wie folgt:

P. G. NORTHOVER
Dr. phil. K.S.B.
Agentur für romantische Abenteuer
Tanner Lane 14

»Was soll K.S.B. bedeuten?« fragte Rupert, der dem Major neugierig über die Schulter guckte.

»Wissen Sie das nicht?« entgegnete Northover. »Haben Sie niemals von dem Klub seltsamer Berufe gehört?«

»Die seltsamen Sachen scheinen gar nicht mehr aufzuhören«, sagte der Major. »Was ist denn dies wieder?«

»Der ›Klub seltsamer Berufe‹ besteht ausschließlich aus Leuten, die eine neue und seltsame Art des Geldverdienens erfunden haben. Ich war eines der ersten Mitglieder.«

»Eine Auszeichnung, die Sie wohl verdient haben«, sagte Basil und setzte lächelnd seinen großen hellen Hut auf. An diesem Abend sprach er kein einziges Wort mehr.

Als die vier die Agentur für romantische Abenteuer verlassen hatten, flog über Northovers Gesicht ein Lächeln. »Ein feiner Kerl, dieser Major. Wenn man keine Spur von einem Dichter an sich hat, so hat man Aussicht, ein Gedicht zu werden. Aber toll, daß ausgerechnet solch ein exakt wie ein Uhrwerk funktionierendes Heinzelmännchen in eine Geschichte von Grigsby ver-

wickelt wird!« Er löschte das Feuer aus, verschloß den Schreibtisch und lachte laut in das stille Büro.
Gerade als das Echo des Lachens verklang, klopfte es laut an die Tür. Es streckte sich ein mächtiger Kopf mit schwarzem Schnurrbart herein und blickte mit einer etwas verlegenen Neugier zu Northover hinüber.
»Wie! Wieder zurück, Herr Major?« rief Northover überrascht.
Der Major schob sich fiebrig ins Zimmer.
»Unglaublich tolle Geschichte«, sagte er. »Es muß sich etwas in mir gelöst haben, das mir vorher völlig unbekannt war. Aber ich möchte wirklich wahnsinnig gern wissen, wie die Sache ausgeht.«
»Wie die Sache ausgeht?«
»Ja, mit den Schakalen und den Dokumenten und dieser Drohung ›Tod dem Major Brown‹.«
Das Gesicht des Agenten wurde ernst, aber in seinen Augen blieb ein Lächeln stehen.
»Es tut mir unendlich leid, Herr Major«, sagte er, »aber ich kann Ihren Wunsch nicht erfüllen. Ich wüßte niemanden, dem ich lieber einen Gefallen tun möchte als Ihnen, aber die Agentur hat in diesem Punkt sehr strenge Grundsätze. Die Abenteuer werden geheimgehalten. Sie gehören nicht zu unseren Kunden. Ich darf Ihnen nicht mehr sagen, als Sie durch Zufall erfahren haben. Sie werden wohl verstehen ...«
»Niemand«, fiel Brown ein, »hat mehr Verständnis für Disziplin als ich. Vielen Dank. Gute Nacht!«
Und hiermit verschwand der Major endgültig.

Er heiratete Fräulein Jameson, die Dame mit dem roten Haar und dem grünen Kleid. Sie war eine Schauspielerin, die (mit vielen anderen) von der Agentur für romantische Abenteuer engagiert war. Ihre Heirat mit dem alten Veteran und Hagestolz erregte unter ihren einer ganz anderen Schicht angehörenden Bekannten einiges Aufsehen. Auf neugierige Fragen gab sie immer nur die ruhige Antwort, sie habe Dutzende von Männern gekannt, die schauspielerisch eine ihnen von Northover übertragene geheimnisvolle Rolle glänzend bewältigten, aber nur einen getroffen, der sich, im festen Glauben, einem Mörder auf der Spur zu sein, in einen dunklen Kohlenkeller wagte. Der Major und sie leben als glückliches Pärchen in einer kleinen Villa. Der Major hat Gefallen am Rauchen gefunden. Sonst ist er unverändert – außer daß er vielleicht manchmal für Augenblicke in einen träumerischen Zustand gerät. Dann erkennt seine Frau an dem merkwürdigen Ausdruck seiner blauen Augen, daß er über das unlösbare Rätsel nachdenkt, was es wohl mit den Dokumenten für eine Bewandtnis gehabt haben könnte, und warum man ihm bei der geheimnisvollen Geschichte damals verbot, von Schakalen zu sprechen. Aber Brown ist, wie so viele alte Soldaten, ein frommer Mann und glaubt, daß er das Ende dieser dunklen Abenteuer dereinst in einer besseren Welt erfahren wird.

PEINLICHES ENDE EINES GROSSEN RUFES

Nirgends in der Welt vielleicht läßt sich besser plaudern als oben auf dem Verdeck eines nicht allzu stark besetzten Londoner Omnibusses. Auf dem Gipfel eines Berges zu plaudern, ist gewiß herrlich, aber auf dem Gipfel eines fliegenden Berges zu plaudern, ist märchenhaft. Basil Grant und ich gaben uns eines Tages diesem Vergnügen hin.

Wir wurden eilig durch die weite Wüstenstrecke des nördlichen London getragen. Gerade durch die Schnelligkeit unserer Fortbewegung bekamen wir einen Begriff von der ungeheuren Ausdehnung und Öde dieser endlosen Straßenzüge. Es ist eine Grenzenlosigkeit, die nichts Erhebendes an sich hat, eine steinerne Ewigkeit, die in ihrer Düsterheit bedrückt. Wir fühlten den ganzen Schauder der Armenviertel Londons. In den Sensationsromanen ist von diesem Schauder ja auch immer die Rede, aber die Verfasser sehen ja gar nicht, wodurch das Grauen entsteht; sie tun immer so, als ob es von engen Straßen, schmutzigen Häusern, von Lasterhöhlen, Verbrechern und Wahnsinnigen ausginge. In einer engen Straße, in einer Lasterhöhle erwartet man keine Kultur und erwartet man auch keine Ordnung. Aber der Schauder kam eben daher, daß Zeichen von Kultur sichtbar waren, daß Ordnung herrschte, wenn auch die Kultur sich nur in ihrer Entartung zeigte, die Ordnung nur als sture Monotonie wirkte. Niemand wird wohl beim Gang durch ein Verbrecherviertel sagen: »Ich sehe keine Denkmäler. Ich sehe keine Kathedralen.« Hier gab es öffentliche Gebäude, aber es waren meistens Irrenhäuser. Hier standen Denkmäler, nur stellten sie meistens Eisenbahningenieure und Philanthropen dar – zwei berüchtigte Menschenklassen, die sich einträchtig zusammenfinden in der ihnen beiden gemeinsamen Menschenverachtung. Hier erhoben sich Kirchen, nur waren es die Kirchen düsterer, absonderlicher Sekten, der Agapemoniten oder der Irvingianer. Hier gab es vor allem breite Straßen und große Plätze, Straßenbahnlinien und Krankenhäuser und sonstige Kennzeichen einer zivilisierten

Gegend. Aber obschon man eigentlich niemals wußte, was man im nächsten Augenblick sehen würde, so wußte man doch andererseits ganz genau, daß man eins sicher nicht zu Gesicht bekommen würde: etwas wirklich Großes, Ursprüngliches, Wertvolles, kurz, etwas von dem, was die Menschheit irgendwann einmal auf die Knie gezwungen hat. So wandte sich unser Gefühl, von unbeschreiblich heftigem Widerwillen ergriffen, den wirklich engen und krummen Gäßchen zu, den wirklich öden Straßen, den echten Slums, die um die Themse und die City liegen. Dort besteht doch wenigstens die Möglichkeit, an dieser oder jener Ecke das große Kreuz der Paulskirche plötzlich wie einen Blitz in die Straße hineinleuchten zu sehen.

»Aber du mußt auch immer bedenken«, sagte Grant in seiner schleppenden Art, als ich mich über dies Thema verbreitet hatte, »daß gerade die Erbärmlichkeit des Lebens in diesen wohlgeordneten, plebejischen Vierteln für den Sieg der menschlichen Seele zeugt. Ich stimme dir durchaus zu. Ich gebe zu, daß die Menschen hier in noch schlimmerem Zustande leben als primitive Barbaren. Sie müssen in einer Kultur vierten Ranges leben. Aber ich bin ganz sicher, die meisten Leute hier sind gut. Und Gutsein ist ein weit gewaltigeres und kühneres Abenteuer als eine Weltumsegelung. Übrigens . . .«

»Sprich weiter«, sagte ich.

Keine Antwort.

»Sprich doch weiter«, sagte ich noch einmal und blickte auf.

Basil Grants große blaue Augen starrten auf die Straße.

»Was gibt's?« fragte ich, der Richtung seines Blickes folgend.

»Es ist sehr merkwürdig«, antwortete Grant schließlich grimmig, »daß ich, gerade mitten in einer so optimistischen Äußerung, zur Vorsicht gemahnt wurde. Ich sagte, alle diese Leute seien gut, aber dort ist der schlechteste Mensch von ganz London.«

»Wo?« fragte ich und beugte mich weiter vor, »wo?«

»Aber ich hatte ganz recht«, fuhr er in dem ruhigen, schläfrigen Ton fort, der seine Zuhörer in spannenden Momenten immer so ärgerte, »ich hatte ganz recht, wenn ich sagte, alle diese Leute seien gut. Sie sind Helden, sie sind Heilige. Sie mögen vielleicht ab und zu ein paar Löffel stehlen oder ihre Frauen mit dem Schüreisen verprügeln, aber sie sind trotzdem Heilige, sie sind Engel, sie haben weiße Kleider an, sie tragen Flügel, und um ihren Kopf leuchtet ein Glorienschein. Jedenfalls erscheinen sie mir so im Vergleich zu diesem Mann.«

»Welchem Mann?« fragte ich, als ich plötzlich die Gestalt erspähte, auf die Basils Augen starrten.
Es war ein schmächtiger, beweglicher Mann, der sehr schnell unter der eilig vorbeiströmenden Menge dahinging. Obwohl er nichts an sich hatte, was sofort die Aufmerksamkeit hätte erregen können, mußte man ihn doch sehr interessiert betrachten, wenn man erst einmal auf ihn aufmerksam geworden war. Er trug einen schwarzen Zylinder von jener etwas geschwungenen Form, vermittels derer die dekadenten Künstler der achtziger Jahre einem Zylinder denselben Rhythmus zu geben suchten, den etwa eine etruskische Vase besitzt. Sein stark ergrautes Haar war gekräuselt, und man sah gleich, daß der Fremde die feinen Schattierungen einer vom Grau ins Silberfarbige hinüberspielenden Frisur instinktiv sehr wohl zu schätzen wußte. Sein ovales Gesicht, von einem kurzen und dichten schwarzen Schnurrbart geziert, kam mir etwas orientalisch vor.
»Was hat er getan?« fragte ich.
»Ich bin mir über die Einzelheiten nicht im klaren«, sagte Grant, »aber seine Hauptsünde ist die Sucht, zum Schaden anderer zu intrigieren. Wahrscheinlich hat er irgendeinen betrügerischen Plan entworfen, um seine Absicht zu erreichen.«
»Was für einen Plan, welche Absicht?« fragte ich. »Wenn du ihn so genau kennst, so kannst du mir doch sagen, warum er der schlechteste Mensch von ganz London ist? Wie heißt er denn?«
Basil Grant sah mich verwundert an.
»Ich glaube, du hast mich nicht richtig verstanden. Ich weiß nicht, wie er heißt. Ich sehe ihn in meinem Leben zum ersten Mal.«
»Zum ersten Mal?« rief ich etwas ärgerlich. »Wie kannst du dann aber sagen, er sei der schlechteste Mensch Londons?«
»Ich habe das mit voller Überlegung gesagt«, erwiderte Basil Grant ruhig. »Sobald ich den Mann sah, erschienen mir all die anderen Menschen in blütenweißem Unschuldskleid. Die armen Leute auf den Straßen hatten alle ihr eigenes Selbst, er aber war nicht er selbst. Ich sah, daß alle Menschen in diesen Vierteln – Hausierer, Taschendiebe, Einbrecher – im tiefsten Grunde sich bemühen, gut zu sein. Dieser Mann aber bemüht sich, schlecht zu sein.«
»Aber wenn du ihn noch niemals gesehen hast . . .«, begann ich.
»In Gottes Namen, sieh dir nur sein Gesicht an!« rief Basil so laut, daß der Wagenführer aufsah. »Sieh dir die Augenbrauen an! Sie verkünden jenen höllischen Hochmut, den Satan schon in

sich trug, als er noch einer der ersten Engel im Himmel war. Sieh dir seinen Schnurrbart an, der so gewachsen ist, daß er die ganze Menschheit beleidigt. Sieh dir sein Haar an und, bei Gott und allen Sternen, sieh dir den Hut an!«

Mir wurde unbehaglich zumute.

»Deine Ansicht ist aber doch schließlich nur Phantasterei«, sagte ich, »ja, völlig unsinnig und durch die Tatsachen überhaupt nicht gerechtfertigt. Du hast den Mann noch niemals vorher gesehen. Du ...«

»Ach, Tatsachen!« rief er in einer Art Verzweiflungsanfall. »Tatsachen! Willst du wirklich behaupten ..., bist du noch so im Aberglauben versunken, kniest du noch so vor morschen prähistorischen Altären, daß du an Tatsachen glaubst? Hast du kein Vertrauen zu einem unmittelbaren Eindruck?«

»Nun, ein sogenannter unmittelbarer Eindruck ist wohl eine etwas weniger sichere Grundlage als Tatsachen.«

»Unsinn! Richtet sich nicht alle Welt nach unmittelbaren Eindrücken? Was wäre auch praktischer? Die Philosophie dieser Welt mag auf Tatsachen gegründet sein – ihr geschäftliches Leben beruht auf unmittelbaren Eindrücken und geistiger Einfühlung. Warum nimmt man einen Angestellten oder weist ihn ab? Mißt man seinen Schädel? Schlägt man die Kennzeichen seines äußeren Typus in einem Handbuch nach? Richtet man sich überhaupt nach Tatsachen? Fällt einem ja gar nicht ein. Man erwartet von dem jungen Mann, daß er ein tüchtiger Arbeiter ist, oder vermutet von dem anderen, daß er die Kasse bestiehlt, ganz allein auf Grund dieses mystischen unmittelbaren Eindrucks, unter dessen Zwang ich mit dem Gefühl völliger Sicherheit und Aufrichtigkeit sage, daß dieser Mann, der dort mit uns gleichen Schritt hält, ein Schwindler und Betrüger ist.«

»Was du sagst, ist immer einleuchtend, aber einen unmittelbaren Beweis für die Richtigkeit deiner Ansicht gibt es nicht.«

Basil sprang sofort auf und ging unsicher über das schwankende Wagendach.

»Laß uns absteigen und ihm folgen«, sagte er. »Ich wette mit dir fünf Pfund, daß sich alles so herausstellen wird, wie ich sage.«

Damit waren wir auch bereits von dem fahrenden Omnibus abgesprungen und befanden uns auf der Straße.

Der Mann mit dem gekräuselten Silberhaar und dem ovalen, orientalischen Gesicht ging noch einige Zeit mit wehenden Rockschößen in derselben Richtung weiter. Dann bog er plötzlich von

der großen, hellen Straße ab und verschwand in einem schlechtbeleuchteten Seitengäßchen. Wir gingen ihm schweigend nach.
»Sonderbar, daß so ein Mann in diese Gasse einbiegt«, sagte ich schließlich.
»So ein Mann?« fragte mein Freund.
»Ja, ein Mann, der doch ziemlich vornehm aussieht und so elegante Schuhe trägt. Um die Wahrheit zu sagen, es kam mir schon höchst sonderbar vor, daß er sich überhaupt in dieser Gegend herumtreibt.«
»Ah, siehst du!« sagte Basil.
Wir schritten weiter, die Augen ständig auf die elegante Gestalt gerichtet, die wie ein schwarzer Schwan in den Lichtschein der Gaslampen hineinsegelte und dann wieder im Dunkel verschwand. Die Lampen glühten in weitem Abstand, und auf die ganze Stadt sank dichter Nebel nieder. Wir durchschritten gerade in mechanisch schnellem Gang die Strecke zwischen zwei Laternenpfählen, als Basil plötzlich wie ein zurückgerissenes Pferd stehenblieb. Auch ich stockte sofort. Wir hätten den Mann fast überrannt. Seine dunkle Gestalt bildete unmittelbar vor uns einen Teil der schwarzen Finsternis.
Zuerst dachte ich, er habe sich nach uns umgewandt. Aber obgleich wir kaum einen Meter von ihm entfernt waren, bemerkte er uns nicht. Er klopfte viermal an eine sehr niedrige und schmutzige Tür. Diese öffnete sich langsam, und aus dem Hausgang drang ein Lichtschimmer. Wir spitzten unsere Ohren, aber es wurden nur ganz wenige kurze und unerklärliche Worte gewechselt. Unser vornehmer Freund reichte einen Brief oder eine Karte hinein und sagte:
»Sofort. Eine Droschke nehmen.«
Von drinnen antwortete eine tiefe Stimme:
»Recht, soll geschehen.«
Die Tür wurde zugeklinkt, wir waren wieder im Dunkeln und schritten weiter, durch ein Labyrinth von Gassen, hinter dem Fremden her, den wir immer wieder unter einer Laterne auftauchen sahen. Es war erst fünf Uhr, aber in dem dicken Nebel waren die Straßen so leer wie um Mitternacht.
»Für einen Mann mit so feinem Schuhzeug wirklich ein außergewöhnlicher Spaziergang«, wiederholte ich.
»Ich weiß nicht«, sagte Basil bescheiden. »Wir kommen zum Berkeley Square.«
Ich bemühte mich, durch den Nebel zu spähen und die Gegend zu

erkennen. Nach zehn Minuten sah ich, daß mein Freund recht hatte. Wir näherten uns den großen, öden, von der vornehmen Welt Londons bewohnten Vierteln, die tatsächlich noch öder sind als die plebejischen Stadtteile des Nordens.

»Höchst erstaunlich!« murmelte Basil Grant, als wir auf den Berkeley Square einbogen.

»Was ist erstaunlich?« fragte ich. »Sagtest du nicht, diese Wanderung sei ganz natürlich?«

»Ich wundere mich nicht darüber«, antwortete Basil, »daß er durch verrufene Straßen wandert, ich wundere mich nicht, daß er zum Berkeley Square geht, aber ich wundere mich, daß er zum Hause eines sehr guten Menschen geht.«

»Welches guten Menschen?« fragte ich ungeduldig.

»Die Wirkung der Zeit ist sonderbar«, sagte er mit unerschütterlicher Ruhe. »Man behauptet, die Periode meiner öffentlichen Wirksamkeit sei mir völlig aus der Erinnerung geschwunden, aber das stimmt nicht ganz. Ich erinnere mich genau an sie, aber etwa so, wie man sich an einen Roman erinnert. Vor fünfzehn Jahren kannte ich diesen Platz weit besser als dieser Mann da, der jetzt die Stufen zu dem Hause meines alten Freundes Beaumont emporsteigt.«

»Wer ist Beaumont?«

»Ein ganz ausgezeichneter Mensch. Hast du nie seinen Namen gehört – Lord Beaumont of Foxwood? Er ist ein Mann von geradezu durchsichtiger Aufrichtigkeit, ein Edelmann, der mehr arbeitet als ein Tagelöhner; Sozialist, Anarchist und wer weiß was noch; jedenfalls ist er Philosoph und Philanthrop. Ich gebe zu, er hat einen kleinen Fehler, er ist nämlich ganz zweifellos etwas verrückt. Er besitzt die aus der modernen Fortschrittsbegeisterung entstandene Schwäche, jedes Neue, und mag es noch so merkwürdig sein, für besser zu halten als das Alte. Wenn du ihm etwa erzählst, du wolltest deine Großmutter aufessen, so würde er nichts gegen deine Absicht einzuwenden haben, solange du für diese Absicht Gründe hygienischer Natur ins Feld führst oder dich auf Interessen der Allgemeinheit berufst, etwa diese Methode im Vergleich zur Verbrennung als wirksamer und billiger bezeichnest. Wenn der Fortschritt nur schnell genug erfolgt – die Richtung, ob zu den Sternen oder zum Teufel, erscheint ihm gleichgültig. Deshalb lösen sich in seinem Hause alle literarischen und politischen Moden in ununterbrochener Reihenfolge ab. Nach Leuten, die aus romantischen Gründen das Haar lang tragen, kommen solche, die es aus hygienischen Gründen kurz schneiden, auf Leute, die nur deshalb auf ihren zwei Füßen gehen, um ihre Hände für den Boxkampf zu schonen, folgen solche, die aus Angst, ihre Füße zu ermüden, auf den Händen laufen. Die Besucher seines Salons sind gewiß meistens ebensolche Narren wie er selbst, aber sie sind doch gleich ihm fast immer gute Menschen. Ich bin wirklich überrascht, einen Verbrecher dort eintreten zu sehen.«

Ich stampfte mit dem Fuß auf und sagte ebenso energisch: »Hör mal, mein Lieber, diese Sache ist sehr einfach zu erklären. Du hast, um deinen eigenen treffenden Ausdruck zu gebrauchen, den ›kleinen Fehler‹, selbst etwas verrückt zu sein. Du siehst auf der Straße einen dir völlig fremden Menschen. Du gibst angesichts seiner Augenbrauen gewisse Theorien zum besten. Du siehst ihn als Einbrecher an, weil er das Haus eines ehrenwerten Mannes betritt. Das ist doch zu toll. Gib es zu, Basil, und komm mit mir heim. Die Leute hier in diesem Haus sind wohl zwar noch beim Tee, wir aber werden bei unserem weiten Weg zu spät zum Abendessen kommen.«

Basils Augen glänzten im Zwielicht wie Lampen.

»Ich dachte, ich wäre über die Jahre der Eitelkeit hinaus.«

»Was hast du denn jetzt schon wieder für ein Verlangen?« fragte ich.

»Ich habe dasselbe Verlangen«, rief er, »das ein Mädchen hat, wenn sie ein neues Kleid anzieht. Ich habe dasselbe Verlangen, das ein Knabe hat, wenn er den Klassenordner hänselt. Ich möchte zeigen, was für ein feiner Kerl ich bin. Ich weiß ebenso sicher, daß dieser Mann ein Schwindler ist, wie ich weiß, daß du einen Hut auf dem Kopf hast. Du sagst, das ließe sich nicht beweisen. Ich sage, es läßt sich beweisen. Komm, ich werde dich meinem alten Freund Beaumont vorstellen.«

»Hast du wirklich vor . . .?«

»Ich werde uns schon entschuldigen, daß wir nicht im korrekten Besuchsanzug kommen«, und damit schritt er über den großen, nebligen Platz die dunkle Steintreppe hinauf und läutete.

Ein streng dreinschauender Diener im Frack öffnete die Tür. Als mein Freund seinen Namen nannte, schlug das Erstaunen des Dieners sofort in Respekt um. Wir wurden sehr schnell ins Haus bugsiert, aber nicht so schnell, daß Lord Beaumont, ein weißhaariger Mann mit jugendlich frischem Gesicht, nicht Zeit gefunden hätte, uns entgegenzukommen.

»Mein lieber Junge«, sagte er, wieder und wieder Basils Hand schüttelnd, »ich habe dich seit Jahren nicht gesehen. Bist du ... hm ...«, er wurde etwas verlegen, »bist du die ganze Zeit auf dem Land gewesen?«
»Die ganze Zeit nicht«, antwortete Basil lächelnd. »Ich habe seit langem meine amtliche Stellung aufgegeben und sehr zurückgezogen gelebt. Hoffentlich komme ich nicht gerade zur unrechten Zeit.«
»Zur unrechten Zeit?« rief der feurige alte Herr aus. »Du hättest zu keinem günstigeren Zeitpunkt kommen können. Weißt du, wer hier ist?«
»Nein«, antwortete Grant ernst. In diesem Augenblick schlug aus dem Salon schallendes Gelächter an unser Ohr.
»Basil«, sagte Lord Beaumont feierlich, »Wimpole ist hier.«
»Und wer ist Wimpole?«
»Aber Basil! Du mußt wohl doch auf dem Land gelebt haben. Du mußt dich bei den Antipoden aufgehalten haben. Du mußt auf dem Mond gewesen sein. Wer ist Wimpole? Wer war Shakespeare?«
»Wer Shakespeare war«, antwortete mein Freund ruhig, »darüber kann ich nur so viel sagen, daß er vermutlich nicht Bacon war. Eher war er Maria Stuart. Aber wer Wimpole ist ...«
Seine Worte wurden von einem dröhnenden Gelächter übertönt.
»Wimpole!« rief Lord Beaumont begeistert. »Hast du nie etwas von diesem großen modernen Schöngeist gehört? Er hat die Unterhaltung, ich sage nicht zu einer Kunst – denn das war sie vielleicht immer –, sondern zu einer großen Kunst umgebildet. Er formt Meisterwerke aus Worten, wie Michelangelo sie aus Stein geformt hat. Nichts Vernichtenderes als seine Entgegnungen. Sie sind endgültig, sie sind ...«
Wieder kam eine Lachsalve aus dem Salon, und fast gleichzeitig mit ihr schoß keuchend ein dicker, apoplektischer alter Herr aus der Tür heraus und auf uns zu.
»Aber, mein Lieber ...«, begann Lord Beaumont hastig.
»Das halte ich nicht mehr aus, Beaumont«, explodierte der dicke alte Herr. »Von einem solchen literarischen Zeilenschinder lasse ich mich nicht zum Narren halten. Ich ...«
»Nun, nun«, unterbrach ihn Beaumont. »Darf ich vorstellen? Herr Richter ... Herr Grant. Von Sir Walter Cholmondeliegh hast du sicher gehört, Basil.«
»Wer sollte nicht von ihm gehört haben?« sagte Basil, machte vor

dem würdigen alten Baronet eine Verbeugung und betrachtete ihn mit einiger Neugier. Der Baronet war in seinem augenblicklichen Ärger zwar heftig erregt, doch beeinträchtigte dieser Temperamentsausbruch nicht die Wirkung seiner zwar umfangreichen, aber adeligen Gestalt und seines vornehmen Gesichts mit dem dichten weißen Haar, der römischen Nase und dem aristokratischen, wenn auch tüchtig gepolsterten Kinn. Er war so sehr Aristokrat, daß er seinem Zorn Luft machen konnte, ohne im geringsten an Würde zu verlieren, so sehr Gentleman, daß selbst ein faux pas seine gute Erziehung verriet.

»Es tut mir äußerst leid, Beaumont«, sagte er, »daß ich mich bei den Herren hier auf solche Weise einführe, und noch mehr, daß ich so in Ihrem Hause auftrete. Aber diese Herren oder Sie selbst sind ja nicht die Ursache meiner Heftigkeit, sondern dieser indische Bastard, dieser fade Laffe ...«

In diesem Augenblick kam ein melancholisch dreinblickender junger Mann aus dem Salon. Auch er schien an dem intellektuellen Bankett da drinnen keinen großen Gefallen zu finden.

»Du wirst dich wohl noch an meinen Freund und Sekretär, Herrn Drummond, erinnern«, sagte Lord Beaumont zu Grant, »er war damals zwar kaum der Schulbank entwachsen ...«

»Oh, natürlich«, erwiderte Grant und wechselte einen sehr freundlichen Händedruck mit Herrn Drummond, dessen Stirn aber immer noch umwölkt blieb. Er wandte sich an Sir Walter Cholmondeliegh:

»Lady Beaumont schickt mich zu Ihnen. Sie hofft sehr, daß Sie noch nicht gehen, Sir Walter. Sie seien ja kaum gekommen.«

Das noch immer gerötete Gesicht des alten Herrn spiegelte einen kurzen inneren Kampf. Seine guten Manieren trugen den Sieg davon, und mit einer Geste des Nachgebens murmelte er so etwas wie: »Wenn Lady Beaumont ... der Wunsch einer Dame ... natürlich ...« Dann ging er mit dem jungen Mann in den Salon zurück. Es dauerte kaum eine halbe Minute, als eine neue Lachsalve verkündete, daß er abermals zum besten gehalten wurde.

»Ich kann natürlich den guten, alten Cholmondeliegh verstehen«, sagte Beaumont, als er uns beim Ablegen half. »Er ist kein moderner Mensch.«

»Was ist ein moderner Mensch?« fragte Grant.

»Oh, ein aufgeklärter und fortschrittlicher Mensch, der die Tatsachen des Lebens unbefangen betrachtet.« In diesem Augenblick hörte man drinnen wiederum lautes Gelächter.

»Ich frage nur«, sagte Basil, »weil von zweien deiner Freunde, die solche modernen Menschen waren, der eine es für unrecht hielt, Fisch zu essen, und der andere es für recht hielt, Menschen zu verspeisen. – Hierher, wenn ich mich recht erinnere, nicht wahr?«
»Weißt du, Basil«, sagte Lord Beaumont, als er hinter uns herging, »ich bin mir niemals ganz darüber klar, auf welcher Seite du stehst. Manchmal kommst du mir so liberal und manchmal so reaktionär vor. Bist du ein moderner Mensch, Basil, oder nicht?«
»Nein«, antwortete Basil laut und vergnügt, als er den überfüllten Salon betrat.
Hierdurch wurde man auf ihn aufmerksam, und einige Augen wandten sich zum ersten Mal an diesem Nachmittag von unserem schlanken Freund mit dem orientalischen Gesicht ab. Zwei Personen blickten ihn jedoch unentwegt weiter an. Die eine war die Tochter des Hauses, Muriel Beaumont. In ihren großen violetten Augen lag jenes den Frauen höherer Klassen eigene unstillbare Verlangen nach blendender Unterhaltung. Die andere Person war Sir Walter Cholmondeliegh, auf dessen Gesicht, zwar etwas verhohlen, aber unmißverständlich zu lesen war, daß er den geistreichen Plauderer am liebsten zum Fenster hinausgeworfen hätte.
Wimpole lag nachlässig hingestreckt in einem weichen Sessel – man hätte nicht sagen können, er saß. Von der sanften Rundung seiner weichen Glieder bis zu den Ringellocken seines silbernen Haares erinnerte alles an ihm mehr an eine zusammengerollte Schlange als an einen normal gebauten Mann. Wir erkannten sofort den geschniegelten Herrn wieder, den wir im Norden Londons verfolgt hatten. Seine Augen leuchteten vom Triumph ständig wiederholten Sieges.
»Ich kann einfach nicht begreifen, Herr Wimpole«, sagte Muriel Beaumont begeistert, »wie Sie es fertigbringen, dies alles mit so großer Leichtigkeit und Eleganz vorzutragen. Ihre Bemerkungen haben durchaus etwas Philosophisches an sich und wirken doch so unglaublich komisch. Wenn mir selbst ein solcher Gedanke käme, müßte ich laut herausplatzen, ehe ich ihn ausgesprochen hätte.«
»Ich stimme Fräulein Beaumont bei«, sagte Sir Walter, der seine Entrüstung nicht mehr zügeln konnte. »Wenn ich so albernes Zeug dächte, wüßte ich nicht, wohin ich mich verkriechen sollte.«
»Sie wüßten nicht, wohin Sie sich verkriechen sollten?« rief Herr Wimpole aufgebracht. »Oh, unter den Altertümern im Britischen Museum gibt's noch Platz genug.«

Alles lachte, weil jedermann geradezu auf der Lauer lag, über Wimpoles Entgegnungen zu lachen, aber Sir Walter rief, plötzlich rot werdend:
»Sie wissen wohl nicht, mit wem Sie es zu tun haben, daß Sie hier solche Narrenwitze zum besten geben?«
»Ich gebe immer nur Narrenwitze zum besten«, antwortete Wimpole, »wenn ich weiß, mit wem ich es zu tun habe.«
Grant ging auf Beaumonts Sekretär zu, der, gegen die Wand gelehnt, die Gesellschaft mit ziemlich düsteren Blicken betrachtete; einen besonders düsteren Ausdruck freilich schien sein Gesicht anzunehmen, wenn seine Augen die junge Dame des Hauses streiften, die so entzückt Wimpoles Worten lauschte.
»Kann ich draußen mit Ihnen ein paar Worte sprechen, Drummond?« fragte Grant. »Es handelt sich um eine geschäftliche Angelegenheit. Lady Beaumont wird uns entschuldigen.«
Auf seine Aufforderung folgte ich meinem Freund, sehr neugierig, was diese sonderbare Unterredung draußen zu bedeuten habe. Wir traten in ein am Flur gelegenes kleines Zimmer.
»Drummond«, sagte Basil, »es sind hier heute nachmittag eine Menge guter Menschen versammelt, die aber durch ein eigenartiges Zusammentreffen alle ihren gesunden Menschenverstand verloren haben. Die aber, die ihn noch besitzen, sind von zweifelhaftem Charakter. Sie sind von den Menschen hier, soweit ich sie kenne, der einzige, der ehrlich ist und auch noch seinen gesunden Verstand besitzt. Was halten Sie von Wimpole?«
Drummond hatte ein bleiches Gesicht und rotes Haar, aber bei diesen Worten wurde sein Gesicht plötzlich ebenso rot wie sein Haar.
»Ich bin kein unbefangener Richter«, war seine Antwort.
»Warum nicht?«
»Weil ich ihn fanatisch hasse!« explodierte Drummond nach einer langen Pause.
Weder Grant noch ich fragten ihn nach dem Grund. Seine Blicke auf Fräulein Beaumont und den Fremden hatten uns genug gesagt.
»Aber wie war Ihr erster Eindruck . . ., bevor Sie ihn haßten?«
»Das kann ich nur äußerst schwer sagen«, erwiderte der junge Mann, und an seiner Stimme, die wie eine klare Glocke klang, erkannten wir, wie sehr er aufrichtig war. »Wenn ich ihn nach meinen jetzigen Gefühlen beurteilen würde, könnte ich nicht objektiv sein. Ich möchte ja gern sagen, ich hätte ihn auf den ersten Blick für einen reizenden Menschen gehalten. Aber tat-

sächlich stimmt das nicht. Ich hasse ihn, das ist meine Privatsache. Aber ich glaube, er ist mir auch, ganz abgesehen von meinen privaten Gefühlen, durchaus zuwider. Bei seinen ersten Besuchen war er zwar viel ruhiger, aber seine fatzkenhafte Aufgeblasenheit stieß mich gleich ab. Dann wurde der gutmütige Sir Walter Cholmondeliegh bei uns eingeführt, und da fing dieser Bursche an, dem alten Mann mit seinen billigen Witzen in dieser Weise zuzusetzen, um die Lacher auf seiner Seite zu haben. Ich bekam das feste Gefühl, daß er ein übler Bursche ist. Denn gutmütige alte Leute aufzuziehen, das deutet sicher auf einen schlechten Charakter hin. Und unaufhörlich macht er sich in rückhaltloser Weise über den armen alten Knaben lustig, als wenn er einen wilden Haß gegen Alter und Güte hegte. Aber was ich hier sage, ist natürlich die Aussage eines voreingenommenen Zeugen. Ich gebe zu, daß ich den Mann hasse, weil eine gewisse Person ihn bewundert. Aber ich glaube, ich würde ihn, hiervon einmal abgesehen, auch schon deshalb hassen, weil Sir Walter ihn haßt.«

Was der junge Mann sagte, erweckte in mir ein aufrichtiges Gefühl der Achtung und des Mitleids. Ich hatte Mitleid mit ihm, weil die Verehrung, die er der jungen Dame entgegenbrachte, offenbar aussichtslos war, und ich achtete ihn, weil er sich bemüht hatte, uns einen objektiven Bericht über Wimpoles Auftreten zu geben. Doch bedauerte ich seine Heftigkeit gegen den anderen, die ich auf Eifersucht zurückführte, wenn er sich auch selbst über diesen Zusammenhang wohl nicht ganz klar war.

Während dieser Überlegung flüsterte mir Grant etwas ins Ohr, und keine Unterbrechung meiner Gedankengänge hätte mich so erschreckt auffahren lassen wie gerade diese:

»Um Himmels willen, laß uns fortgehen!«

Ich bin mir niemals richtig darüber klargeworden, durch welches Zaubermittel dieser wunderliche Kauz es fertigbrachte, mich innerhalb weniger Minuten auf die Straße zu führen. Jedenfalls stand ich draußen und hörte verdutzt seinen weiteren Worten zu.

»Dies ist eine verteufelte, aber sehr lustige Geschichte«, sagte er.

»Was?« fragte ich ahnungslos.

»Diese Geschichte. Hör mal, alter Freund. Lord und Lady Beaumont haben uns für heute abend zum Essen eingeladen. Es werden viele Gäste kommen, und Herr Wimpole soll bei dieser Gelegenheit in seinem höchsten Glanz erstrahlen. Nun, daran ist nichts Außergewöhnliches. Das Außergewöhnliche ist, daß wir der Einladung keine Folge leisten werden.«

»Schön. Es ist ja auch bereits sechs Uhr, und wir würden wohl kaum noch die Zeit finden, nach Hause zu eilen und uns umzuziehen. Daß wir der Einladung keine Folge leisten, kommt mir daher gar nicht außergewöhnlich vor.«
»Nein?« sagte Grant. »Aber ich wette, das, was wir statt dessen tun wollen, wird dir doch außergewöhnlich erscheinen.«
Ich sah ihn verständnislos an.
»Anstatt dessen tun werden?« fragte ich. »Was werden wir denn tun?«
»Wir werden an diesem kalten Abend eine oder zwei Stunden vor diesem Haus hier warten. Du mußt mir verzeihen, ich will nur meine Eitelkeit befriedigen. Ich will dir nur zeigen, daß ich recht habe. Kannst du mit Hilfe dieser Zigarre warten, bis Sir Walter Cholmondeliegh und dieser geheimnisvolle Wimpole das Haus verlassen?«
»Gewiß. Aber weißt du, wer der erste sein wird?«
»Nein. Vielleicht wird zuerst Sir Walter in einem Wutanfall herausstürzen. Es kann aber auch sein, daß Herr Wimpole zuerst erscheinen wird, wenn er glaubt, sein letztes Epigramm sei in Verbindung mit einem schnellen Abgang am wirkungsvollsten. Sir Walter kann vielleicht noch eine Weile bleiben, um Herrn Wimpoles Charakter zu analysieren. Aber sie werden beide nicht allzulange bleiben, denn sie müssen sich ja beide zum Essen umziehen.«
Während er noch sprach, rief ein schriller Pfiff von der Vorhalle des großen Hauses eine dunkle Droschke vor das dunkle Portal. Und dann geschah etwas, das wir wirklich nicht erwartet hatten. Herr Wimpole und Sir Walter Cholmondeliegh traten gleichzeitig aus der Tür.
Sie standen sich einen Augenblick, wie es natürlich war, etwas verlegen gegenüber, was in beiden eine gewisse Heiterkeit auszulösen schien, dann sagte Sir Walter lächelnd zu Herrn Wimpole: »Es ist ein starker Nebel. Bitte, steigen Sie zu mir ein.«
Bevor ich bis zwanzig zählen konnte, fuhr die Droschke mit den beiden rasselnd über das Pflaster. Und bevor ich noch drei hinzuzählen konnte, hatte mir Grant ins Ohr geschrien:
»Lauf hinter ihnen her! Lauf, als wenn du vor einem tollen Hunde ausrissest! Lauf, was du laufen kannst!«
Wir schossen hinter ihnen her, liefen in gleichmäßigem Trab durch dunkle Straßen und behielten dabei die Droschke immer

im Auge. Gott allein weiß, dachte ich, warum wir überhaupt hinter ihr herlaufen, aber wir rannten wie Wettläufer. Glücklicherweise dauerte das grausame Spiel nicht allzulange. An einer Straßenkreuzung hielt die Droschke, und Sir Walter bezahlte. Man sah an den Bewegungen des Kutschers, daß er wohl ein gutes Trinkgeld erhalten haben mußte. Dann hatten die beiden Männer noch ein Gespräch, wie es nach einem peinlichen Auftritt zwischen Beleidiger und Beleidigtem stattfindet, um entweder die Versöhnung oder ein Duell herbeizuführen – von unserem acht Meter entfernten Beobachtungsposten aus erschien uns wenigstens diese Unterredung als ein solches Gespräch. Dann schüttelten sich die beiden herzlich die Hand, und jeder bog in eine andere Straße ein.
Basil streckte plötzlich den Arm aus – solch eine heftige Bewegung kam bei ihm nur selten vor – und rief:
»Hinter dem Schwindler her! Jetzt wollen wir ihn stellen.«
Wir liefen über den offenen Platz zu der Straßenkreuzung.
»Halt!« brüllte ich Grant zu. »Das ist die falsche Straße.«
Er lief weiter.
»Idiot!« heulte ich. »Die Straße ist ja Sir Walter gegangen. Wimpole ist uns entwischt. Er hat jetzt schon eine halbe Meile auf der anderen Straße hinter sich. Halt ...! Bist du taub? Du bist auf der falschen Spur!«
»Ich glaube nicht«, keuchte er und lief weiter.
»Aber ich habe ihn doch gesehen!« rief ich. »Mach deine Augen auf! Ist das Wimpole? Es ist Sir Walter! Was hast du vor? Was wollen wir denn?«
»Lauf nur weiter!«
Wir liefen so schnell, daß wir bald den breiten Rücken des pompösen alten Baronets vor uns hatten. Sein weißer Backenbart schimmerte im flackernden Laternenlicht wie Silber. Ich war höchst erstaunt, da ich nicht begriff, warum wir hinter ihm herliefen.
»Charlie«, sagte Basil heiser, »kannst du fünf Minuten lang an meinen gesunden Menschenverstand glauben?«
»Ich will's versuchen.«
»Dann hilf mir, den Mann da vor uns zu packen und niederzuwerfen. Spring sofort zu, wenn ich sage ›jetzt‹! – Jetzt!«
Wir sprangen auf Sir Walter Cholmondeliegh los und rollten den behäbigen alten Herrn auf den Rücken. Er wehrte sich mit lobenswertem Mut, aber wir hielten ihn fest. Ich hatte nicht die

geringste Ahnung, weshalb wir das taten. Es war tatsächlich ein Kunststück, seiner Herr zu werden. Wenn er nicht mit den Fäusten schlagen konnte, stieß er mit den Füßen, darum banden wir ihn. Als er die Beine nicht mehr bewegen konnte, schrie er, darauf steckten wir ihm einen Knebel in den Mund. Dann zogen wir ihn in eine kleine dunkle Seitengasse und blieben wartend bei ihm stehen.

»Es tut mir leid«, sagte Basil ruhig, »daß ich dich aufhalte, aber ich habe hier eine Zusammenkunft verabredet.«

»Eine Zusammenkunft?«

»Ja«, sagte er und blickte dabei ganz seelenruhig auf den apoplektischen alten Aristokraten, der an seinem Knebel würgte, wobei ihm die Augen in ohnmächtiger Wut weit aus dem Kopf traten. »Ich habe hier eine Zusammenkunft mit einem sehr netten jungen Mann verabredet. Einem alten Freund. Jasper Drummond ist sein Name. Du hast ihn wohl heute nachmittag in Beaumonts Haus kennengelernt. Doch wird er kaum kommen können, ehe das Essen bei Beaumonts vorüber ist.«

Ich weiß nicht, wie viele Stunden wir dort in der Dunkelheit warteten. Ich war mir während dieser Zeit darüber klargeworden, daß hier dasselbe passiert war wie vor langer Zeit bei einer Gerichtsverhandlung. Basil Grant war verrückt geworden. Ich konnte keine andere Erklärung finden. Vor einigen Stunden hatte Sir Walter noch in Beaumonts Salon gesessen, und jetzt lag der behäbige alte Landedelmann umschnürt wie ein Bündel Holz auf dem Boden.

Nach etwa vier Stunden kam ein junger Mann im Abendanzug in die Gasse gestürzt. Ein Lichtstreifen der Gaslampe ließ das rote Haar und das blasse Gesicht Jasper Drummonds erkennen.

»Herr Grant«, sagte er bestürzt, »die Sache ist unglaublich. Sie haben recht gehabt, aber wie ist das möglich? Während des ganzen Abends hüllte sich Wimpole in hartnäckiges Schweigen, wo doch Herzöge und Herzoginnen und Herausgeber bedeutender Zeitschriften eigens gekommen waren, um ihn zu hören. Er machte keinen einzigen Witz. Er sagte überhaupt nichts. Wie ist das zu erklären?«

Grant wies auf den alten Herrn am Boden.

»So ist es zu erklären«, sagte er.

Als Drummond das gutverschnürte Bündel erblickte, sprang er zurück, als sei ihm eine Maus über den Schuh gelaufen.

»Wie?« fragte er mit schwacher Stimme, »... wie?«

Basil beugte sich nieder und zog ein Stück Papier aus Sir Walters Brusttasche. Es schien dem Baronet viel an diesem Stück Papier zu liegen, denn er machte verzweifelte Anstrengungen, den Rock eng gegen die Brust zu drücken.

Es war ein großes, abgerissenes Stück weißen Umschlagpapiers, das Herr Jasper Drummond mit verständnislosen Blicken und aufrichtigem Erstaunen überflog. Soweit er es enträtseln konnte, bestand der Inhalt aus einer Reihe von Fragen und Antworten oder vielmehr von Bemerkungen und Entgegnungen, die wie ein Katechismus angeordnet waren. Der größere Teil des Dokuments war beim Herausziehen aus der Tasche zerrissen und verstümmelt worden, aber der letzte Teil war noch erhalten. Er lautete wie folgt:

»c. Sagt – Wüßte nicht, wohin verkriechen.«

»w. Verkriechen – Britisches Museum.«

»c. Nicht wissen, mit wem zu tun haben – Narrenwitze.«

»w. Nur Narrenwitze, wenn weiß –«

»Was soll das sein?« rief Drummond, der das Papier schließlich wütend zu Boden warf.

»Was das sein soll? Was das ist?« erwiderte Grant in feierlichem Ton, als wenn er einen Hymnus anstimmte: »Was das ist? Es ist ein großer neuer Beruf. Eine neue Verdienstmöglichkeit. Nicht ganz einwandfrei, wie ich zugebe, aber doch vielversprechend wie die Seeräuberei.«

»Ein neuer Beruf?« fragte der junge Mann verdutzt.

»Jawohl, ein neuer Beruf!« rief Grant in jubelnder Entdeckerfreude. »Schade, daß er moralisch nicht einwandfrei ist.«

»Aber was soll das denn für ein Beruf sein, zum Henker noch mal!« riefen Drummond und ich in einem Atem.

»Es ist«, erklärte Grant ruhig, »der große neue Beruf eines Organisators der Schlagfertigkeit. Dieser alte Herr, der da am Boden liegt, erscheint euch zweifellos als sehr stupide und sehr reich. Ich will einige Aufklärungen über ihn geben. Er ist, wie wir selbst, sehr gescheit und sehr arm. Er ist in Wirklichkeit auch gar nicht dick, er hat sich nur ausgestopft. Besonders alt ist er auch nicht, und er heißt auch nicht Cholmondeliegh. Er ist ein Schwindler, aber ein Schwindler von einer sehr köstlichen und neuen Art. Er leiht sich zu Gesellschaften aus und verschafft anderen Leuten durch seine Bemerkungen schlagfertige Entgegnungen. Nach einem vorher festgelegten Plan (den man hier auf diesem Stück Papier findet) sagt er das dumme Zeug, das er für sich selbst zurechtgelegt hat, und der mit ihm in Geschäftsverbindung stehende Salonlöwe sagt die raffiniert für ihn ausgetüftelten Sachen. Kurz, er läßt sich für zwanzig Mark pro Abend zum besten haben.«

»Und dieser Wimpole –?« fragte Drummond entrüstet.

»Dieser Windbeutel Wimpole«, erwiderte Basil Grant lächelnd, »wird von nun an nicht mehr als Champion bei geistigen Ringkämpfen auftreten. Er hatte zweifellos einige Attraktionen, Eleganz und Silberhaar und so weiter. Aber den Geist besitzt unser Freund, der hier auf dem Boden liegt.«

»Dieser Kerl«, rief Drummond wütend, »sollte eingesperrt werden!«

»Keineswegs«, sagte Basil nachsichtig, »er sollte in den ›Klub seltsamer Berufe‹ eintreten.«

DER BESUCH DES LANDPFARRERS

Der Aufruhr der Materie gegen den Menschen (einen solchen Aufruhr gibt es meiner Ansicht nach wirklich) hat ein eigenartiges Stadium erreicht. Der Krieg gegen uns wird jetzt mehr mit kleinkalibrigen Waffen geführt als mit schwerer Artillerie und steht, wie ich hinzufügen darf, schlecht für uns. Die Knochen des letzten Mammuts sind seit langem verfault, unsere Schiffe werden nicht mehr von Stürmen verschlungen, noch speien die Höllenglut bergenden Vulkane Feuer über unsere Städte. Aber dafür sind wir nun in einem ebenso erbitterten wie unaufhörlichen Kampf mit den kleinen Dingen verwickelt, hauptsächlich mit Mikroben und mit Kragenknöpfen. Der Knopf, mit dem ich mich herumbalgte, als ich die vorstehenden Betrachtungen anstellte (der Kampf war heiß und die Kräfte auf beiden Seiten gleich), weigerte sich hartnäckig, durch den Engpaß des Kragenknopfloches zu schlüpfen, und seine Ermattungsstrategie hatte mich der Verzweiflung nahegebracht. Da klopfte es plötzlich laut.

Ich dachte sofort: Basil Grant ist gekommen, um mich abzuholen. Wir waren an diesem Abend gemeinsam eingeladen (für diese Einladung kleidete ich mich an), und vielleicht hatte er es für gut gehalten, mich abzuholen, obschon wir vereinbart hatten, getrennt hinzugehen. Es handelte sich um eine vertrauliche Zusammenkunft in kleinem Kreise bei einer vortrefflichen, aber unkonventionellen Dame, die viel mit Politikern verkehrte und eine alte Freundin Basils war. Sie hatte uns gebeten, mit einem dritten Gast, einem gewissen Kapitän Fraser, gemeinsam bei ihr zu speisen. Ich wußte von diesem Herrn nur, daß er sich durch irgendwelche Verdienste einen Namen gemacht hatte und als der beste Schimpansenkenner galt. Da ich die Dame noch nie gesehen hatte, hielt ich es für durchaus möglich, daß Basil als ihr Freund, umsichtig wie er im gesellschaftlichen Verkehr nun einmal war, sich entschlossen hatte, mich persönlich einzuführen, um das Eis zu brechen. Die Theorie stimmte wie alle meine Theorien vollständig, nur war der Besucher nicht Basil.

Es wurde mir eine Visitenkarte hereingebracht mit der Aufschrift: »Ellis Shorter, Pfarrer«, und darunter stand mit Bleistift, aber in einer Handschrift, der man, so hastig sie hingeworfen war, eine geradezu niederdrückende aristokratische Gepflegtheit ansah, »bittet in einer höchst dringenden Angelegenheit um Gewährung einer kurzen Unterredung.«
Ich hatte den Knopf inzwischen untergekriegt und dadurch kundgetan, daß ein Ebenbild Gottes Gewalt über alle Dinge hat (eine wertvolle Wahrheit). Ich zog mir rasch Weste und Rock an und eilte in das Empfangszimmer. Als der Besucher sich bei meinem Eintritt erhob, machte er Bewegungen und Geräusche wie ein Seehund – ich kann es nicht anders beschreiben. Klapp! machte ein über seinem rechten Arm hängender buntgestreifter Schal, klapp! machten ein Paar rührend große schwarze Handschuhe, er klappte mit seinen Kleidern, ja, ich kann es ohne Übertreibung sagen, er klappte mit den Augenlidern, als er aufstand. Er war ein alter Landgeistlicher mit weißem Haar und weißem Backenbart, aber ohne Augenbrauen, alles war weich und locker an ihm, er schien nur Fleisch, aber keine Knochen zu haben.
»Ich bedaure«, sagte er. »Ich bedaure sehr. Ich bedaure außerordentlich. Ich komme ..., ich kann nur sagen ..., ich kann zu meiner Verteidigung nur anführen, daß ich ... Ich komme in einer wichtigen Angelegenheit. Verzeihen Sie, bitte, vielmals.«
Ich sagte ihm, daß ich ihm restlos verziehe, und wartete.
»Was ich zu sagen habe«, fuhr er mit zitternder Stimme fort, »ist so schrecklich ..., es ist so fürchterlich ... Mein Leben ist bis jetzt immer friedlich und ruhig verlaufen ...«
Ich stand auf glühenden Kohlen, ich mußte fort, es war höchste Zeit, es war sogar zweifelhaft, ob ich noch rechtzeitig zum Essen eintreffen würde. Aber der gute alte Mann bebte so vor Entsetzen und Entrüstung, daß ich irgendeine weit über die engen Grenzen meines eigenen Lebens hinausreichende, unerhört tragische Begebenheit witterte.
»Fahren Sie, bitte, fort«, sagte ich höflich.
Aber der alte Herr bemerkte meine geheime Ungeduld und wurde noch befangener.
»Es tut mir außerordentlich leid«, sagte er in kläglichem Ton, »daß ich Sie vielleicht aufhalte. Aber ich wäre ja nicht gekommen, wenn ... wenn Ihr Freund, Herr Major Brown, mir nicht empfohlen hätte, zu Ihnen zu gehen.«

»Major Brown?« fragte ich mit einigem Interesse.
»Jawohl«, fuhr Herr Shorter fort, indem er fieberhaft mit seinem Schal herumwedelte. »Er erzählte mir, Sie hätten ihm aus einer sehr schwierigen Lage geholfen ..., und die Schwierigkeit, in der ich stecke ... O lieber Herr, es handelt sich um Leben und Tod!«
Ich sprang auf, ich wußte nicht recht, wie ich mich verhalten sollte. »Wird es lange dauern, Herr Shorter?« fragte ich. »Ich bin eingeladen und muß sofort gehen.«
Auch er stand auf, von Kopf bis Fuß zitternd und vor Angst gelähmt, ohne indes die Würde seines Alters und seines Amtes zu verlieren.
»Ich habe kein Recht, Ihre Zeit in Anspruch zu nehmen, Herr Swinburne ..., ich habe durchaus kein Recht dazu. Wenn Sie fort müssen, so müssen Sie natürlich gehen ..., das ist ganz in der Ordnung, vollkommen in der Ordnung. Aber wenn Sie zurückkommen, wird ein Mensch tot sein.«
Er setzte sich wieder hin und zitterte wie gerüttelte Sülze. In diesen zwei Minuten war die Einladung zu einer albernen Nebensache zusammengeschrumpft, an die ich schon nicht mehr dachte. Ich hatte nicht die geringste Lust mehr, eine politisch interessierte Witwe und einen Kapitän, der Menschenaffen sammelte, aufzusuchen. Ich wollte hören, was diesen lieben, zitternden alten Pfarrer in Berührung mit unmittelbar drängenden Gefahren gebracht hatte.
»Wollen Sie sich eine Zigarre anzünden?« fragte ich ihn.
»Nein, danke sehr«, antwortete er mit unbeschreiblicher Verwirrung, als ob er glaubte, sich gesellschaftlich unmöglich zu machen, wenn er keine Zigarren rauche.
»Ein Glas Wein vielleicht?«
»Nein, danke sehr, vielen herzlichen Dank, augenblicklich nicht«, sagte er mit dem hysterischen Eifer, mit dem völlige Abstinenzler oft bei anderen den Eindruck zu erwecken suchen, als ob sie ein andermal fähig wären, die ganze Nacht durchzuzechen. »Augenblicklich nicht, danke sehr.«
»Kann ich Ihnen mit nichts anderem aufwarten?« fragte ich wieder, weil mir der gute alte Esel aufrichtig leid tat. »Eine Tasse Tee?«
Ich sah, wie er mit sich kämpfte, und erreichte schließlich, daß er nachgab. Als der Tee kam, trank er ihn etwa so, wie ein Trunksüchtiger ein Glas Schnaps hinunterstürzt. Dann lehnte er sich zurück und sagte:

»Ich habe so Entsetzliches durchgemacht, Herr Swinburne. Ich bin solche Aufregungen nicht gewöhnt. Als Pfarrer von Chuntsey in Essex« – er glitt über diese Worte mit einem unbeschreiblich feinen Anflug erhabener Eitelkeit hinweg – »habe ich so etwas nie erlebt.«
»Was denn?« fragte ich nun endlich.
Er raffte plötzlich seine ganze Würde zusammen und setzte sich aufrecht hin.
»Als Pfarrer von Chuntsey in Essex bin ich niemals gezwungen worden, mich als alte Frau zu verkleiden und in dieser Rolle an einem Verbrechen teilzunehmen. Nicht ein einziges Mal ist mir das passiert. Meine Erfahrung mag klein sein. Sie mag ungenügend sein. Aber es ist mir früher noch niemals passiert.«
»Ich habe nie gehört«, sagte ich, »daß so etwas zum Pflichtenkreis eines Geistlichen gehört, aber ich bin in kirchlichen Dingen nicht ganz auf der Höhe. Entschuldigen Sie, wenn ich Sie vielleicht nicht ganz recht verstanden habe. Als was haben Sie sich verkleiden müssen?«
»Als alte Frau«, bekräftigte der Landpfarrer feierlich, »als alte Frau.«
Ich dachte bei mir, es würde keiner großen Umwandlung bedürfen, ein altes Weib aus ihm zu machen; aber die Sache war offenbar mehr tragisch als komisch, und ich fragte sehr respektvoll: »Darf ich mich erkundigen, wie das zuging?«
»Ich will ganz von vorn, am Anfang, beginnen«, sagte Herr Shorter, »und Ihnen meine Geschichte mit der größtmöglichen Genauigkeit erzählen. Siebzehn Minuten nach elf verließ ich heute morgen das Pfarrhaus, um einige Besuche zu machen und gewisse Verabredungen einzuhalten. Zuerst besuchte ich Herrn Jervis, den Schatzmeister der Liga für christliche Unterhaltung, mit dem ich über die von dem Gärtner Parkes für das Walzen unseres Tennisplatzes berechnete Summe verhandelte. Dann besuchte ich Frau Arnett, eine sehr fromme, aber ständig bettlägerige Frau. Sie ist die Verfasserin verschiedener kleiner Erbauungsbüchlein und eines Bandes, der, wenn mich mein Gedächtnis nicht trügt, ›Heckenrosen‹ heißt.«
Er äußerte dies alles nicht nur mit sehr großer, sondern – man muß diese widerspruchsvolle Bezeichnung gebrauchen – mit sehr heftiger Bedachtsamkeit. Er trug, glaube ich, eine dunkle Erinnerung an die Detektive der Kriminalromane in sich, die immer streng darauf bestehen, daß nichts ausgelassen wird.

»Dann ging ich«, fuhr er in dieser peinlich gewissenhaften Art, die einen rasend machen konnte, fort, »zu Herrn Carr (zu Herrn Robert Carr, versteht sich, nicht zu Herrn James Carr), der manchmal bei uns die Orgel spielt, und nachdem ich mit ihm verhandelt hatte (in der Angelegenheit eines dem Kirchenchor angehörenden Knaben, der, ich weiß noch nicht, ob zu Recht oder Unrecht, beschuldigt wird, Löcher in die Orgelpfeifen geschnitten zu haben), begab ich mich schließlich zu der Sitzung des Caritasvereins, der im Hause von Fräulein Brett tagte. Diese Sitzungen finden gewöhnlich im Pfarrhause statt, aber da meine Frau nicht recht auf dem Posten war, hatte Fräulein Brett, die noch nicht lange in der Gemeinde wohnt, aber in der Vereinsarbeit bereits eine sehr tätige Rolle spielt, liebenswürdigerweise ihr Haus zur Verfügung gestellt. Der Caritasverein steht ganz unter Leitung meiner Frau, und außer Fräulein Brett, die, wie schon gesagt, sehr aktiv ist, kenne ich kaum Mitglieder dieses rührigen Vereins. Ich hatte jedoch versprochen, zu der Sitzung zu erscheinen, und das tat ich denn auch.

Als ich ankam, waren außer Fräulein Brett nur vier unverheiratete Damen anwesend, die eifrig nähten und strickten. Es ist natürlich, auch wenn man von der Notwendigkeit einer ausführlichen und genauen Wiedergabe der Tatsachen bei derartigen Vorfällen tief überzeugt ist, doch sehr schwer, eine Unterhaltung bis in die geringste Einzelheit ins Gedächtnis zurückzurufen und wiederzugeben, besonders eine Unterhaltung, die (obgleich von der edelsten und bewundernswertesten Begeisterung für gute Werke getragen) auf den Zuhörer keinen besonderen Eindruck machte und sich – genauer gesagt – in der Hauptsache um ... hm ... um Socken drehte. Ich kann mich jedoch genau erinnern, daß eine der Damen (eine magere Person mit wollenem Schal, die augenscheinlich fror und mir – ich glaube mich kaum zu irren – als Fräulein James vorgestellt wurde), die Bemerkung machte, das Wetter sei sehr veränderlich. Fräulein Brett bot mir eine Tasse Tee an, die ich annahm, doch ich weiß nicht mehr, mit welchen Worten ich ihre Freundlichkeit quittierte. Fräulein Brett ist eine kleine dicke Dame mit weißem Haar. Außer ihr zog unter den Anwesenden nur noch ein Fräulein Mowbray meine Aufmerksamkeit auf sich, eine kleine zierliche Dame mit aristokratischem Gebaren, silbernem Haar, hoher Stimme und blühenden Wangen. Sie war unter allen Anwesenden die lebhafteste, und ihre Ansichten über Vorstecklätzchen und Kinderschürzen waren, obschon im Hinblick auf meine Person mit aller geziemenden Ehrerbietung vorgetragen, doch an und für sich sehr entschieden und kühn. Man hätte unmöglich abstreiten können, daß, mit ihr verglichen, die anderen vier Personen (obgleich alle fünf Damen einfach in Schwarz gekleidet waren) gewissermaßen – ich will den in der Laienwelt üblichen Ausdruck gebrauchen – schlampig aussahen.

Nachdem ich mich etwa zehn Minuten mit ihnen unterhalten hatte, erhob ich mich, um mich zu verabschieden, und während ich mich hierzu anschickte, hörte ich etwas, das – ich kann es nicht beschreiben – etwas, das mir außergewöhnlich zu sein schien ... Aber ich kann es wirklich nicht beschreiben.«

»Nun, was hörten Sie denn?« fragte ich etwas ungeduldig.

»Ich hörte«, sagte Herr Shorter feierlich, »ich hörte Fräulein Mowbray (die Dame mit dem silbernen Haar) zu Fräulein James (der Dame mit dem wollenen Schal) die folgenden außergewöhnlichen Worte sagen. Ich prägte sie mir auf der Stelle fest ein und notierte sie, sobald es mir die Umstände erlaubten, auf ein Stück Papier. Ich glaube, ich habe es bei mir.«

Er suchte in seiner Brusttasche herum und brachte mit dem Stück Papier allerlei harmlose Sachen heraus, Notizbücher, Rundschreiben und Programme von Wohltätigkeitskonzerten.

»Ich hörte Fräulein Mowbray zu Fräulein James die folgenden Worte sagen: ›Nun leg du los, Willi!‹«

Nachdem Herr Shorter mir diese Worte vorgelesen, sah er mich eine Weile ernst und fest an, als ob er mir sagen wollte, er stehe an dieser Stelle sicher und fest auf dem Boden der Tatsachen. Dann fuhr er, seinen kahlen Kopf näher zum Feuer hinneigend, fort:

»Diese Äußerung fiel mir auf. Sie war mir völlig unverständlich. Vor allem kam es mir sehr sonderbar vor, daß eine unverheiratete Dame eine andere unverheiratete Dame mit ›Willi‹ anredete. Meine Erfahrungen mögen, wie schon gesagt, unvollständig sein. Ledige Damen mögen unter sich Umgangsformen haben, die ich nicht kenne. Aber die Anrede erschien mir seltsam, und ich hätte fast schwören können (ich hoffe, Sie werden diesen Ausdruck nicht falsch verstehen), ich hätte in dem Augenblick, in dem diese Worte fielen, ohne weiteres die Behauptung gewagt, daß ihr Ton nicht mit dem aristokratischen Gebaren zu vereinigen war, das, wie schon gesagt, Fräulein Mowbray auszeichnete. Aber andererseits muß man zugeben, daß sie diese Worte wohl kaum in dem bei einer feingebildeten Dame üblichen vornehmen Ton hätte aussprechen können.

Ich war also, wie ich wiederhole, über diese Bemerkung erstaunt. Aber ich war noch erstaunter, als ich mich, Hut und Regenschirm in der Hand, fragend umschaute und die magere Dame mit dem wollenen Schal aufrecht gegen die Tür gelehnt sah, durch die ich mich gerade hinausbegeben wollte. Sie war noch beim Stricken, und ich nahm an, daß diese steife Haltung nur einer altjüngferlichen Laune entsprang und die Dame sich über meine Absicht, durch diese Tür meinen Ausgang zu nehmen, gar nicht klar war. Ich sagte darum sehr freundlich: ›Es tut mir außerordentlich leid, Sie bei Ihrer Arbeit stören zu müssen, Fräulein James, aber ich muß wirklich gehen. Ich habe noch . . .‹ Hier hielt ich inne, denn ihre Antwort war, obgleich äußerst kurz und eigentlich sehr konziliant im Ton, so merkwürdig, daß sie meiner Ansicht nach dieses Einhalten ganz natürlich und entschuldbar macht. Ich habe mir auch diese Worte notiert, obgleich sie, wenn sie überhaupt eine Bedeutung haben, einen sehr unziemlichen Scherz darstellen. Sie sagte«, und Herr Shorter hielt seine Aufzeichnungen dicht vor die Augen, »sie sagte: ›Halt die Klappe, alter Quasselkopp!‹

Und dann ereignete sich etwas, das mir den furchtbaren Gedanken durch den Kopf jagte: entweder bist du verrückt geworden, oder die anderen sind verrückt geworden. Meine geschätzte Freundin und Helferin, Fräulein Brett, sagte auf einmal: ›Such das Bild 'raus, Oskar, und leg die anderen Brocken zurecht. Wenn er sich mausig macht, mußt du die Kammerzofe spielen!‹

Mir wurde schwindelig. Konnte es wirklich sein, wie es mir einen Augenblick vorher durch den Kopf geschossen war, daß unverheiratete ältere Damen unter sich einen geheimen Zirkel bildeten, in dem allerlei Unfug getrieben wurde? Ich erinnerte mich dunkel der Mysterien – ich war ehemals in klassischer Philologie sehr bewandert, habe aber das meiste, wie ich zu meiner Schande gestehen muß, völlig vergessen –, der Mysterien der Bona Dea und ihrer sonderbar freimaurerischen Anhängerinnen. Ich dachte an die Hexensabbate. Ich bemühte mich gerade, mich an eine Verszeile über Dianas Nymphen zu erinnern, als Fräulein Mowbray mir von hinten den Arm um den Hals legte. Sofort als ich den Arm fühlte, wußte ich, daß es kein Frauenarm war.

Fräulein Brett – oder die Person, die ich Fräulein Brett genannt hatte – stand mit einem großen Revolver in der Hand und einem breiten Grinsen auf dem Gesicht vor mir. Fräulein James stand noch gegen die Tür gelehnt, aber ihre Haltung war so gänzlich unweiblich geworden, daß mich ein Gruseln überlief. Sie schämte sich nicht, mit dem Fuße aufzustampfen, die Hände in die Taschen zu stecken und den Kopf ganz verwegen schief zu halten. Sie war ein Mann. Ich meine, es war eine ..., nein, ich sah, daß sie, anstatt eine Frau zu sein ..., nicht sie natürlich, er ..., daß er ein Mann war, meine ich.«

Herr Shorter wedelte bei diesem heißen Bemühen, das richtige Geschlecht zu finden, unablässig seinen Schal hin und her. Dann fuhr er mit noch größerer Nervosität fort:

»Fräulein Mowbray preßte meinen Hals in einen eisernen Ring, nämlich in ihren Arm. Sie ..., er natürlich ... hatte ihren Arm ..., ich meine, seinen Arm ... um ihren Hals – nein, um meinen Hals geschlungen, so daß ich nicht einmal schreien konnte. Fräulein Brett – das heißt, Herr Brett oder wenigstens Herr Soundso, der nicht Fräulein Brett war – hielt den Revolver auf mich gerichtet. Die anderen beiden Damen – oder Herren – wühlten im Hintergrund in einem Koffer. Nun war alles klar: sie waren Verbrecher, die sich als Frauen verkleidet hatten, um mich zu entführen! Den Pfarrer von Chuntsey in Essex zu entführen! Aber warum? Sollten es Kirchenfeinde sein?

Der gegen die Tür gelehnte Kerl rief ungeduldig: ›Nun mach schnell, Heini. Zeig dem alten Trottel sein Ebenbild und sag ihm, was los ist, es wird Zeit, daß wir uns auf die Strümpfe machen.‹

›Du bist wohl verrückt‹, sagte Fräulein Brett – ich meine den Mann mit dem Revolver –, ›warum sollten wir ihn einweihen?‹

›Ich sage dir‹, erwiderte der Mann an der Tür, den sie Willi nannten, ›daß die Geschichte so besser geht. Wenn einer weiß, was los ist, so macht er seine Sache besser, als wenn er es nicht weiß, selbst wenn er so'n alter Zittergreis ist.‹

›Willi hat recht‹, krächzte der Mann, der mich hielt, mit rauher Stimme (er war Fräulein Mowbray gewesen), ›bringt das Bild her!‹

Der Mann mit dem Revolver ging zu den beiden anderen Frauen – ich meine, Männern –, die in dem Koffer herumwühlten, und forderte von ihnen etwas, das sie ihm schließlich gaben. Er kam damit zurück und hielt es mir vor die Augen. Und verglichen mit der Überraschung über das, was ich da zu sehen bekam, sanken alle anderen Überraschungen dieses schrecklichen Tages in nichts zusammen.

Es war mein eigenes Bild. Die Tatsache, daß solch ein Bild in den Händen dieser Schurken war, hätte in jedem Fall eine leichte Überraschung hervorgerufen, aber nicht mehr. Und doch fühlte ich durchaus keine leichte Überraschung, sondern heftige Bestürzung. Die Ähnlichkeit war außerordentlich groß, der Hintergrund wie üblich: Ich stützte meinen Kopf auf die Hand und hob mich gegen eine gemalte Waldlandschaft ab. Offenbar war es keine Momentaufnahme, sondern vielmehr eine sorgfältig ausgeführte Photographie. Und nun kommt der springende Punkt: Ich habe nämlich niemals für solch eine Photographie gesessen. Es war ein Bild, das niemals von mir aufgenommen worden war. Ich betrachtete es wieder und wieder. Es schien ziemlich retuschiert zu sein. Es befand sich in einem Rahmen unter Glas, und durch das Glas sahen einzelne Züge etwas verschwommen aus. Aber mein Gesicht, meine Augen, meine Nase, mein Mund, mein Kopf und meine Hand waren gar nicht zu verkennen. So hätte ich mich etwa photographieren lassen, aber das Erstaunliche war, ich hatte mich niemals so photographieren lassen. ›Jetzt paß mal auf, wie ein Wunder geschieht‹, sagte der Mann mit dem Revolver in einem Ton von schlecht angebrachter Spaßhaftigkeit. ›Dein letztes Stündlein hat geschlagen, Pfaff, bereite dich vor, Aug' in Aug' deinem Gott gegenüberzutreten.‹ Und mit diesen Worten zog er das Glas aus dem Rahmen. Und nun sah ich, daß ein Teil dieses Bildes in weißer Tusche auf das Glas gemalt war, besonders die zwei Flügel eines weißen Backenbartes und ein Bäffchen. Als diese Bestandteile weggezogen waren, kam das Bild einer alten Dame in einfachem schwarzem Kleid zum Vorschein, die, den Kopf auf die Hand gestützt, sich von einer Waldlandschaft abhob. Die alte Dame glich mir wie ein Sperling dem andern, und es hatte nur des Bartes und des Bäffchens bedurft, um aus der alten Dame den Pfarrer von Chuntsey zu machen.

›Feine Sache, was?‹ sagte der Mann namens Heini, als er das Glas wieder zurückschob. ›Fabelhafte Ähnlichkeit. Ebenso schmeichelhaft für die Dame wie für Sie und, mit Respekt zu vermelden, äußerst angenehm für uns, da wir ein feines Ding damit drehen können. Sie kennen Oberst Hawker, nicht?‹

Ich nickte.

›Gut‹, sagte Heini, ›und dies ist seine Mutter. Verstehnse, was das ist? Die ihn am Schürzenband hielt, wenn er fallen wollte.‹ Und dabei zeigte er mit einer schwungvollen Bewegung seiner Finger auf die alte Dame, die genauso aussah wie ich.

›Quatsch doch nicht so lange 'rum‹, brach Willi los, ›sag ihm, was er zu tun hat, und Schluß. Sehnse an, wir wollen Ihnen gar nichts tun, Herr Pfarrer. Wir wollen Ihnen 'n Goldstück für Ihre Bemühungen geben, wenn Sie's haben wollen. Und die Kleider der Alten, sollnse mal sehen, da sehnse fein drin aus, zum Anbeißen.‹

›Du kannst auch nichts klarmachen, Willi‹, sagte der Mann hinter mir. ›Passense mal auf, Herr Shorter, die Sache ist so: Wir haben diesem Hawker heute abend einen Besuch zu machen. Vielleicht fällt er uns allen um den Hals und läßt die Sektpfropfen springen, wenn er uns sieht. Vielleicht macht er das aber auch nicht. Vielleicht liegt er tot in der Ecke, wenn wir weggehen. Vielleicht aber auch nicht. Wie Sie wohl wissen, schließt er sich immer fest ein und macht keinem Menschen auf. Nur wissen Sie nicht, warum, aber wir wissen das. Der einzige Mensch, den er 'reinläßt, ist seine Mutter. Und wie sich das alles so verteufelt gut trifft, und was wir hierbei für'n Schwein haben, das habense ja gesehen, Sie sind seine Mutter.‹

›Gleich als ich das Bild sah‹, bemerkte Willi mit weisem Kopfschütteln, ›gleich als ich es sah, sagte ich mir: Der alte Shorter. Genau das waren meine Worte: Der alte Shorter!‹

›Was haben Sie vor?‹ rief ich. ›Was soll ich tun?‹

›Das ist leicht gesagt, Hochwürden‹, erklärte der Mann mit dem Revolver gut gelaunt. ›Sie brauchen nur diese Kleider anzuziehen‹, und er zeigte auf einen Haufen Röcke und einen Hut, die hinten in einer Ecke des Zimmers lagen.

Ich will bei den Einzelheiten der Prozedur nicht verweilen, Herr Swinburne. Mir blieb keine Wahl. Ich konnte nicht gegen fünf Männer ankämpfen, von dem geladenen Revolver ganz zu schweigen. In fünf Minuten war der Pfarrer von Chuntsey als alte Frau verkleidet – als Mutter eines Obersten, wenn Sie wollen – und wurde aus dem Hause gezerrt, um an einem Verbrechen mitzuwirken.

Es war schon später Nachmittag, der Winterabend brach bereits herein. Auf einer dunklen Straße marschierten wir im tosenden Wind auf das einsame Haus des Obersten Hawker zu, vielleicht die sonderbarste Gesellschaft, die jemals auf einer Straße einherzog. Dem äußeren Anschein nach waren wir sechs biedere, ältere Damen in schwarzen Kleidern und fein garnierten, aber altmodischen Hüten, während wir doch in Wirklichkeit fünf Verbrecher und ein Geistlicher waren.

Ich will mich bemühen, mit meiner langen Geschichte rasch zum Ende zu kommen. Ich zermarterte mein Gehirn, um eine Möglichkeit zur Flucht zu ersinnen. Lautes Schreien wäre, solange wir von Häusern entfernt waren, Selbstmord gewesen, denn es wäre den Burschen leicht gewesen, mich zu erstechen oder zu erwürgen und mich in einen Graben zu werfen. Andererseits konnte ich mich unmöglich an Vorübergehende wenden und ihnen die Situation erklären, eben weil diese Situation so unglaublich unwahrscheinlich war. Bevor ich jemandem eine so tolle Geschichte hätte beibringen können, wären meine Begleiter sicher geflüchtet und hätten mich sogar aller Wahrscheinlichkeit nach mitgeschleppt, als bedauernswerte Freundin sozusagen, die unglücklicherweise verrückt oder betrunken war. Dieser letzte Gedanke kam mir wie eine Inspiration vor, obgleich er schrecklich genug war. War es so weit gekommen, daß der Pfarrer von Chuntsey sich verrückt oder betrunken stellen mußte? Ja, so weit war es gekommen!

Ich versuchte, so gut wie möglich die anderen nachzuahmen, die zwar sehr schnell gingen, aber doch in damenhaftem Getrippel. So kamen wir schließlich zu einer Laterne, unter der ein Polizist stand. Ich hatte mich entschlossen, zu handeln. Wir kamen schnell und schweigend mit altjüngferlicher Bescheidenheit herangetrippelt. Als wir an die Laterne kamen, warf ich mich plötzlich an den Straßenzaun und schrie: ›Hurra! Hurra! Hoch England! Haarschneiden bitte! Buh! Bäh!‹ Für einen Mann in meiner Stellung keine ganz alltägliche phonetische Übung.

Der Polizist richtete sofort seine Taschenlampe auf mich, oder vielmehr auf das beschmutzte, betrunkene alte Weib, das ich spielte. ›Aber, hören Sie mal!‹ brummte er.

›Kommst du ruhig mit!‹ hauchte Oskar mir heiser ins Ohr. ›Halt's Maul, oder ich schlage dir eine ins Genick, daß du's Kotzen kriegst.‹ Es war schrecklich, diese Worte aus dem Munde der so niedlich eingemummelten alten Jungfer zu hören.

Ich schrie und bellte – jetzt war ich einmal im Zuge. Ich plärrte Kehrreime von Gassenhauern, die, wie ich zu meinem Bedauern sagen muß, von jungen Leuten einmal bei einer Feier der Liga für christliche Unterhaltung gesungen wurden. Ich schwankte einher wie ein von der Kugel gestreifter Kegel.

›Wenn Sie Ihre Freundin nicht ruhig nach Hause bringen können, meine Damen, werde ich mich ihrer annehmen müssen‹, sagte der Polizist. ›Betrunken ist sie gerade genug.‹

Ich verdoppelte meine Anstrengungen. Ich hatte keinerlei Übung in diesem Betragen, aber ich glaube, ich übertraf mich selbst. Worte, die ich meines Wissens niemals gehört hatte, strömten nur so aus meinem Munde.

›Wenn wir dich erst vorbei haben, wirst du noch lauter heulen‹, flüsterte Willi. ›Du wirst noch lauter heulen, wenn wir dich bei lebendigem Leibe verbrennen.‹

Ich sang in meinem Schrecken lustige Kneiplieder. In den schrecklichsten Alpträumen der Menschheit sind niemals so fürchterliche Fratzen aufgetaucht wie die unter den ehrbaren Frauenhüten hervorschauenden Gesichter dieser fünf Männer. Stellen Sie sich vor: die Gestalten frommer Wohlfahrtspflegerinnen mit den Gesichtern von Teufeln. Ich kann mir nicht denken, daß es in der Hölle so etwas Grauenhaftes gibt.

Einen Augenblick lang peinigte mich der entsetzliche Gedanke, die rührende Besorgnis meiner Begleiter und unser aller ehrbares Aussehen würden den Polizisten veranlassen, uns laufenzulassen. Er schwankte auch, soweit man bei einem solch unerschütterlichen Wesen, wie es ein Polizist ist, überhaupt von Schwanken reden kann. Da stürzte ich plötzlich vor und rannte ihm meinen Kopf in den Bauch, wobei ich (wenn ich mich recht erinnere) ausrief: ›Juchhe, ist der Rasen weich!‹ Gerade in diesem Augenblick kam mir am klarsten zum Bewußtsein, daß ich der Pfarrer von Chuntsey in Essex war. Mein verzweifelter Streich rettete mich. Der Polizist packte mich hart beim Genick.

›Jetzt kommen Sie mit‹, sagte er, aber Willi fiel ihm sofort mit einer vollkommenen Nachahmung weiblicher Sprechweise ins Wort.

›O bitte, Herr Wachtmeister, bemühen Sie sich nicht um unsere arme Freundin. Wir werden sie schon in aller Ruhe heimbringen. Sie trinkt zwar etwas viel, aber sie ist eine vollkommene Dame – nur ein bißchen überspannt.‹

›Sie hat mich in den Magen gestoßen‹, antwortete der Polizist.

›Eine kleine Überspanntheit von ihr‹, bemerkte Oskar in tiefstem Ernst.

›Ich will sie heimbringen‹, wiederholte Willi in der wiederaufgenommenen Rolle des Fräulein James, ›sie bedarf der Pflege.‹

›Allerdings‹, knurrte der Polizist, ›aber ich will sie schon in die Kur nehmen.‹

›Sie können sie nicht kurieren‹, rief Willi aufgeregt. ›Die Medizin, die sie braucht, haben nur wir allein.‹

›Jawohl‹ stimmte Fräulein Mowbray bei, ›keine andere Medizin hilft ihr, Herr Wachtmeister. Ihr Leiden ist ganz eigenartig.‹
›Jawohl, mein Schätzchen, du hast recht‹, gassenhauerte zu seiner ewigen Schande der Pfarrer von Chuntsey.
›Ich will Ihnen was sagen, meine Damen‹, bemerkte der Polizist nun in entschiedenem Ton, ›ich mag die Überspanntheit Ihrer Freundin nicht; mir behagen weder ihre Lieder noch ihre Angriffe auf meinen Magen. Und Ihr Aussehen, meine Damen, behagt mir bei näherer Betrachtung auch nicht. Ich habe schon viele gesehen, die so angezogen waren wie Sie und doch nichts taugten. Wer sind Sie eigentlich?‹
›Wir haben unsere Karten nicht bei uns‹, erwiderte Fräulein Mowbray unbeschreiblich würdevoll. ›Wir sehen auch nicht ein, warum wir einem Polizisten, der grob zu Damen ist, Rede und Antwort stehen sollen, wo er doch dafür bezahlt wird, sie zu beschützen. Wenn Sie die Schwäche unserer unglücklichen Freundin ausnützen wollen, so sind Sie nach dem Gesetz unzweifelhaft dazu berechtigt. Aber wenn Sie glauben, Sie hätten ein gesetzliches Recht, uns grob anzufahren, so irren Sie sich gewaltig.‹
Die ruhige Würde, mit der diese Worte gesprochen wurden, machten den Polizisten einen Augenblick verdutzt. Ihren Vorteil wahrnehmend, drehten sich die fünf Damen plötzlich auf den Absätzen um und verschwanden in der Dunkelheit, nachdem sie mir noch wahrhaft teuflische Haßblicke zugeworfen hatten.
Ich ließ mich langsam zu Boden sinken und dachte scharf nach. Solange die Kerle um mich waren, hatte ich nicht gewagt, die Rolle eines Trunkenboldes aufzugeben. Denn wenn ich begonnen hätte, vernünftig zu sprechen und den Fall zu erklären, würde der Polizist nur gedacht haben, ich sei nüchtern genug, um in der Obhut meiner Freundinnen nach Hause zu gehen. Jetzt aber hätte ich ihn aufklären können.
Doch offen gestanden hatte ich keine Lust dazu. Es gibt im Leben viele Möglichkeiten, und auf dem schmalen Pfad der Pflicht mag es selbst für einen Geistlichen einmal notwendig werden, sich betrunken zu stellen, ja, als betrunkene alte Frau einherzutorkeln. Aber solche Notwendigkeiten sind wohl selten genug, um den meisten Menschen unwahrscheinlich vorzukommen. Stellen Sie sich vor, es würde herumerzählt, ich hätte mich betrunken gestellt. Und wenn nun die Leute gar nicht an eine Verstellung glauben würden! Schrecklich! Gar nicht auszudenken!

Halb kroch ich selbst hoch, halb hob mich der Polizist auf. Ich ging ruhig etwa fünfzig Meter mit. Der Polizist dachte offenbar, ich sei zu benommen und zu schwach, um einen Fluchtversuch zu machen, und hielt mich deshalb nur ganz leicht am Arm. Nachdem er mich so eine Weile mitgeschleppt hatte, riß ich mich plötzlich los und rannte wie ein flüchtender Hirsch die Straße hinab. Der Polizist war zu überrascht und zu schwerfällig, um mir nachzusetzen, und außerdem war es stockdunkel. Ich lief, ich rannte, ich raste, und nach fünf Minuten war ich außerhalb der Gefahrenzone. In einer halben Stunde fand ich mich draußen auf freiem Feld unter dem Sternenhimmel wieder, wo ich meine Frauenkleider samt dem Hut ablegte und im reinen Schoß der Erde begrub.«

Der alte Pfarrer hatte seine Erzählung beendet und lehnte sich aufatmend zurück. Sowohl der Inhalt wie auch die Art seiner Erzählung hatten mich nach und nach immer mehr interessiert. Er war zwar ein alter Pedant, aber doch auch wieder ein famoser Kerl, der in einer verzweifelten Lage Mut und Sportgeist bewiesen hatte. Er hatte seine Geschichte mit großer Umständlichkeit, aber doch mit sehr überzeugendem Realismus vorgetragen.

»Und nun ...«, sagte ich.

»Und nun«, sagte Shorter, »und nun, Herr Swinburne, müssen wir an den unglücklichen Hawker denken. Ich weiß nicht, was diese Menschen vorhatten oder wieweit ihre Enthüllungen stimmten. Aber sicherlich ist für Hawker Gefahr im Anzug. An die Polizei kann ich mich aus Gründen, die Sie begreifen, nicht wenden. Sie würde mir auch keinen Glauben schenken. Was ist zu tun?«

Ich sah nach der Uhr. Es war fast halb eins.

»Am besten gehen wir zu meinem Freund Basil Grant. Er und ich waren heute abend in demselben Hause eingeladen. Er wird jetzt wohl wieder daheim sein. Haben Sie etwas dagegen, wenn wir zusammen hinfahren?«

»Vollständig einverstanden«, erwiderte er und erhob sich, nachdem er seinen vermaledeiten Schal um den Arm gewickelt hatte.

Eine Droschke brachte uns bald zu dem düsteren Mietshaus in Lambeth, wo Grant wohnte. Als wir die steile Holztreppe hinaufgekommen waren und seine ärmliche Wohnung betraten, fiel uns das Glänzen seiner weißen Hemdbrust und das Schimmern seines nachlässig auf einen hölzernen Schemel geworfenen Pelzmantels als starker Kontrast auf. Er war dabei, vor dem Schla-

fengehen noch ein Glas Wein zu trinken. Ich hatte recht gehabt, er war offenbar gerade von der Einladung heimgekommen. Der Pfarrer Ellis Shorter erzählte seine Geschichte noch einmal, und Basil Grant hörte sie mit der respektvollen Aufmerksamkeit an, die er im Verkehr mit jedem menschlichen Wesen an den Tag legte. Als Herr Shorter zu Ende gekommen war, fragte er nur:
»Kennen Sie einen Kapitän Fraser?«
Diese Frage hatte mit der Sache so wenig zu tun, daß ich Grant überrascht ansah. Infolgedessen verlor ich Herrn Shorter aus den Augen. Ich hörte nur, wie er in seinem nervösesten Ton mit »Nein!« antwortete.
Basil jedoch schien diese Antwort oder das Gebaren des alten Landpfarrers im allgemeinen sehr merkwürdig zu finden, denn er hielt seine großen blauen Augen unablässig auf ihn gerichtet, und obschon diese Augen ganz ruhig blickten, traten sie ihm doch mehr und mehr aus dem Kopf heraus.
»Sie sind ganz sicher, Herr Shorter«, wiederholte er, »daß Sie Kapitän Fraser nicht kennen?«
»Durchaus«, antwortete Herr Shorter, und mir fiel auf, daß er wieder in dem schüchternen, um nicht zu sagen ängstlichen Ton zu reden begann, den er zuerst auch mir gegenüber angeschlagen hatte.
Basil sprang auf.
»Dann ist es ganz klar, was wir zu tun haben«, sagte er. »Sie haben die Spur noch gar nicht aufgenommen, mein lieber Herr Shorter, vor allem müssen wir erst einmal Kapitän Fraser aufsuchen.«
»Wann?« fragte der Pfarrer stammelnd.
»Jetzt«, sagte Basil und fuhr mit einem Arm in seinen Pelzmantel.
Der alte Pfarrer stand zitternd auf.
»Das halte ich wirklich nicht für notwendig«, sagte er.
Basil warf den Pelzmantel wieder über den Schemel und steckte die Hände in die Taschen.
»So!« sagte er mit scharfer Betonung, »Sie halten das nicht für nötig?« Und dann fügte er sehr laut und entschieden hinzu: »Dann kann ich nur sagen, Herr Shorter, daß ich Sie gern einmal ohne Ihren Backenbart sehen möchte.«
Bei diesen Worten erhob auch ich mich, denn was ich immer befürchtet hatte, war eingetreten. So wunderbar und aufregend das Leben war, wenn man in ständiger Berührung mit einem Men-

schen wie Basil stand, so hatte ich doch immer das Gefühl, ihn auf der Grenze zwischen Vernunft und Wahnsinn wandeln zu sehen. Ich hatte bei ihm das Gefühl, wie man es bei herzkranken Freunden hat. Der Tod kann sie jederzeit überraschen, draußen im Freien, in einer Droschke, bei Betrachtungen eines Sonnenunterganges, beim Rauchen einer Zigarette. Nur handelte es sich bei Basil um geistigen Tod. Dieser Tod war jetzt eingetreten. Während er sich um die Rettung eines Mitmenschen bemühte, hatte Basil Grant plötzlich den Verstand verloren.

»Ihren Bart möchte ich haben!« rief er und trat mit blitzenden Augen auf Herrn Shorter zu, »Ihren Bart und Ihren kahlen Kopf.« Der alte Pfarrer wich, wie nicht anders zu erwarten, ein paar Schritte zurück. Ich trat zwischen sie.

»Setz dich hin, Basil«, sagte ich bittend, »du bist etwas erregt. Trink deinen Wein aus.«

»Den Bart«, wiederholte er finster, »den Bart!«

Und plötzlich sprang er auf den alten Herrn los. Dieser flüchtete zur Tür, aber Basil schnitt ihm den Weg ab. Und ehe mir zum Bewußtsein kam, was vor sich ging, war das ruhige Zimmer in ein Mittelding zwischen Zirkus und Tollhaus verwandelt. Krachend flogen Stühle umher, Tische donnerten zu Boden, Wandschirme wurden zerfetzt, Geschirr zu Scherben geschlagen, und Basil Grant balgte sich noch immer mit dem Pfarrer Ellis Shorter herum.

Und nun dämmerte ein blasser Schimmer in mir auf. Der Pfarrer Ellis Shorter aus Chuntsey in Essex verhielt sich ganz anders, als es sich für einen altersschwachen Pfarrer eigentlich geziemt hätte. Seine Sprünge hätten einem Bengel von siebzehn Jahren Ehre gemacht, aber bei diesem nicht so unendlich komisch gewirkt. Überdies schien er gar nicht so verblüfft zu sein, wie ich gedacht hatte. Aus seinen Augen schien sogar etwas wie Heiterkeit zu blitzen, genau wie aus Basils Augen. Nun, ich muß endlich einmal mit der unglaublichen Wahrheit herausrücken: beide lachten. Schließlich hatte Shorter genug.

»Hören wir auf, Herr Grant«, keuchte er, »Sie können mir nichts anhaben. Ich hab' nichts Ungesetzliches getan. Niemand erleidet den geringsten Schaden. Ich kann nichts dafür, daß unsere Gesellschaft so kompliziert ist.«

»Ich mache Ihnen keinen Vorwurf«, sagte Basil kühl. »Aber ich will Ihren Bart und Ihren kahlen Kopf haben. Gehören sie Kapitän Fraser?«

»O nein«, lachte Herr Shorter, »die liefern wir selbst. Die gehören nicht Kapitän Fraser.«

»Was, zum Henker, soll das alles bedeuten?« rief ich hilflos. »Was ist das für ein höllisches Durcheinander? Warum sollte Herrn Shorters kahler Kopf Kapitän Fraser gehören? Wie wäre das möglich? Was hat überhaupt Kapitän Fraser mit der Sache zu tun? Was ist denn mit ihm? Du warst doch mit ihm zusammen, Basil?«

»Nein«, sagte Grant, »eben nicht.«

»Bist du denn nicht zu Frau Thornton gegangen? Warum nicht? Sie hatte uns doch eingeladen?«

»Ja«, sagte Basil mit sonderbarem Lächeln, »ich wollte hingehen, aber ich bekam plötzlich Besuch. Der Herr befindet sich übrigens in meinem Schlafzimmer.«

»In deinem Schlafzimmer?« wiederholte ich, aber mein Zustand war derart, daß ich es ganz natürlich gefunden hätte, wenn dieser Herr aus dem Kohlenkasten oder aus Basils Westentasche gekrochen wäre.

Grant ging in das Schlafzimmer und kam mit einem alten Landgeistlichen wieder zum Vorschein. Auch dieser würdige Herr hatte einen kahlen Kopf und einen weißen Backenbart und trug einen buntgestreiften Schal.

»Nehmen Sie Platz, meine Herren«, sagte Grant. »Setzen wir uns alle nieder und trinken ein Gläschen Wein. Wie Sie richtig sagen, ist kein Schaden angerichtet, und wenn Kapitän Fraser mir einen Wink gegeben hätte, so hätte er ein hübsches Sümmchen sparen können. Aber damit hätte ich Ihnen wohl keinen Gefallen getan, wie?«

Die beiden geistlichen Herren, die sich glichen wie ein Ei dem andern und mit feinem Schmunzeln an ihrem Burgunder nippten, lachten herzlich über Basils Worte, und einer nahm ganz ungeniert seinen Backenbart ab und legte ihn auf den Tisch.

»Basil«, sagte ich, »wenn du mein Freund bist, so bewahre mich vor einer Katastrophe. Was hat das zu bedeuten?«

»Weiter nichts, Cherub«, lachte er, »als daß du in deine ›Sammlung seltsamer Berufe‹ ein neues Stück einreihen kannst. Diese beiden Herren, auf deren Gesundheit zu trinken ich jetzt das Vergnügen habe, sind berufsmäßige Aufhalter.«

»Was ist denn das?« fragte ich.

»Das ist ganz einfach zu erklären«, antwortete der emeritierte Pfarrer Ellis Shorter von Chuntsey in Essex. Es war ein unbeschreibliches Gefühl des Grauens, als nun auf einmal aus der ehrwürdigen, vertrauten Gestalt nicht mehr die ehrwürdige, vertraute Stimme klang, sondern die scharfe Tonart eines jungen Großstädters. »Die Sache ist wirklich nicht sehr wichtig. Wir werden dafür bezahlt, daß wir unter irgendeinem harmlosen Vorwand Leute aufhalten, die unsere Klienten sich ein paar Stunden lang vom Halse schaffen wollen. Und Kapitän Fraser ...« Er hielt lächelnd inne.

Auch Basil lächelte. Er ergänzte die Aufklärung:

»Kapitän Fraser, der einer meiner besten Freunde ist, konnte uns heute durchaus nicht gebrauchen. Er fährt heute nach Ostafrika, und die Dame, bei der wir mit ihm speisen sollten, ist – nun, was man so, glaube ich, den Traum seines Lebens nennt. Er wollte diese zwei Stunden mit ihr allein verbringen und beauftragte diese Herren damit, uns zu Hause festzuhalten.«

»Und ich mußte natürlich«, entschuldigte sich der ehemalige Herr Shorter, »da es sich um die Einladung einer Dame handelte, mit etwas ganz Starkem und Dringendem aufwarten. Sonst wäre es nicht gegangen.«

»Oh«, sagte ich. »Sie haben Ihre Sache vortrefflich gemacht.«

Der Mann verbeugte sich respektvoll. »Für eine Empfehlung wäre ich immer dankbar.«

Der andere schob in Gedanken seinen künstlichen Kahlkopf zurück, unter dem kurzgeschnittenes rotes Haar zum Vorschein kam, und begann, vielleicht unter dem Einfluß des herrlichen Burgunders, von seinem Beruf zu schwärmen.

»Es ist einfach fabelhaft, wie unser Geschäft blüht. In unserem Büro ist vom frühen Morgen bis zum späten Abend Hochbetrieb. Zweifellos sind Sie mit uns schon einmal in Berührung gekommen. Sie merken es nur nicht. Wenn ein alter Junggeselle Sie mit Jagdgeschichten plagt, während Sie den sehnlichsten Wunsch hätten, einer jungen hübschen Dame vorgestellt zu werden, so stammt er sicher aus unserem Büro. Wenn eine Dame wegen einer Wohltätigkeitsveranstaltung bei Ihnen vorspricht und Sie stundenlang aufhält, indes Sie gerade im Begriff sind, zu Meiers zu gehen, so ist sie von unserem Büro. Herr Meier lacht sich inzwischen ins Fäustchen.«

»Aber etwas verstehe ich nicht«, sagte ich. »Warum sind Sie beide Pfarrer?«

Über die Stirn des zeitweiligen Inhabers der Pfarrei von Chuntsey in Essex flog ein Schatten.

»Das war vielleicht nicht ganz richtig. Aber wir können nichts dafür. Daran ist Kapitän Fraser schuld. Es kam ihm auf den Preis nicht an, und er verlangte die besten Talente zum höchsten Tarif, wenn nur der Zweck, Sie, meine Herren, aufzuhalten, erreicht würde. Nun wird bei uns für Pfarrer wegen der etwas schwierigen Aufgabe, diese würdigen Herren darzustellen, der höchste Tarif gezahlt. Wir erhalten hundert Mark für einen Besuch. Wir haben das Glück gehabt, unsere Firma mit unserer Arbeit zufriedenzustellen, und wir sind jetzt dauernd als Pfarrer beschäftigt. Vorher haben wir zwei Jahre als Oberst gedient. Der Höchsttarif für einen Oberst beträgt achtzig Mark.«

LEUTNANT KEITH UND DER HÄUSERMAKLER

Leutnant Drummond Keith war ein so interessanter Mensch, daß sich die Unterhaltung, sobald er das Zimmer verlassen hatte, gleich auf ihn konzentrierte. Er hatte nämlich verschiedene Eigenheiten, die das begreiflich machen. Er war ein beweglicher, fixer Kerl, immer in leichter, legerer Kleidung, meistens in weißem Tropenanzug. Seine Körperbewegungen hatten etwas von der Anmut des Panthers an sich. Aber was jedem zuerst auffiel, waren seine unruhigen schwarzen Augen.

Er war ständig in Geldnöten. Und eine besondere Armeleutegewohnheit war bei ihm sogar derart ausgeprägt, daß der elendeste Arbeitslose kaum mit ihm konkurrieren konnte – ich meine die Gewohnheit, ständig umzuziehen. Im Inneren Londons, mitten im Herzen der kompliziertesten Zivilisation, gibt es Viertel, in denen die Menschen wieder zu Nomaden geworden sind. Aber in diesem ruhelosen Nomadenschwarm war kein zerlumpter Bettler so ruhelos wie der elegante Offizier in dem legeren weißen Anzug. Er war, nach seinen Reden zu urteilen, ein großer Nimrod vor dem Herrn gewesen und hatte vom Rebhuhn bis zum Elefanten auf alles mögliche Wild Jagd gemacht; seine Bekannten aus den niederen Regionen freilich waren der Meinung, daß sich unter den Opfern seiner unfehlbaren Büchse nicht selten der Mond befunden habe. Der Ausdruck ist nicht übel und zaubert einem das Bild geheimnisvoller nächtlicher Jagden vor Augen.

Von Haus zu Haus, von Bezirk zu Bezirk schleppte er seine aus fünf Teilen bestehende Ausrüstung mit: zwei zusammengebundene, seltsam geformte Speere mit breiten Klingen, mit denen wohl ehemals irgendwelche Wilde auf den Kriegspfad gezogen waren, einen grünen Regenschirm, ein dickes, zerlesenes Exemplar der »Pickwickier«, eine große Jagdbüchse und einen mächtigen Krug mit unheiligem orientalischem Wein. Diese Dinge wurden in jede neue Wohnung mitgenommen, selbst für eine einzige Nacht, und stets ohne Verpackung, nur mit Bindfäden

oder Strohseilen verschnürt – zum höchsten Gaudium der für solche Scherze immer sehr empfänglichen Gassenjungen.
Übrigens ist noch zu erwähnen, daß er auch seinen alten Soldatensäbel stets mit sich führte. Das rief erneutes Kopfschütteln hervor. Denn so beweglich und lebendig er war, so stand er doch nicht mehr in der Jugend Maienblüte. Sein Haar war sogar völlig grau, wenn auch sein ziemlich üppiger, fast italienischer Schnurrbart die Schwärze nicht verloren hatte; und auch seine fast italienische Heiterkeit konnte doch die Sorgenfalten auf seinem Gesicht nicht verbergen. Gegen verabschiedete Leutnants haben vorsichtige und solide Bürger ein nicht gerade immer unbegründetes Vorurteil, von dem der geheimnisvolle Keith wegen seines ständigen Umziehens besonders heftig betroffen wurde.
Dazu kam, daß er gewöhnlich Abenteuer und Geschichten erzählte, die einem Mann zwar Bewunderung, aber keine Achtung eintragen. Er erzählte von berüchtigten Orten, an denen ein guterzogener Mensch am besten durch Abwesenheit glänzt, von Opiumspelunken und Spielhöllen. Es roch in seinen Geschichten nach Diebsgesindel oder nach kannibalischen Schmausereien. Wer solche Dinge erzählt, diskreditiert sich immer, ob man ihm nun Glauben schenkt oder nicht. Wenn Keiths Erzählungen falsch waren, so war er ein Lügner, stimmten sie, so mußte man ihn bestenfalls für einen sehr lockeren Vogel halten.
Er hatte gerade das Zimmer verlassen, in dem ich mit Basil Grant und dessen redseligem Bruder Rupert, dem Amateurdetektiv, saß. Und wie es immer geschah, so sprachen auch wir über Keith, sobald er draußen war. Rupert Grant war ein gescheiter junger Mann, aber Jugend und Gescheitheit führen, miteinander verbunden, häufig zu einem etwas übertriebenen Skeptizismus, wie ihn auch Rupert Grant besaß. Er zweifelte an allem und sah überall Schuldige, seine Skepsis war ihm ebenso unentbehrlich wie Essen und Trinken. Seine knabenhafte Ungläubigkeit war mir oft auf die Nerven gegangen, aber diesmal war ich so sehr von der Richtigkeit seines Urteils überzeugt, daß mich Basil durch seine gegenteilige, wenn auch in scherzhaftem Ton vorgetragene Meinung in Erstaunen setzte.
Ich kann ein gut Teil Aufschneiderei vertragen, da ich von Natur ein harmloser, leichtgläubiger Mensch bin, aber was Leutnant Keith aus seinem Leben erzählte, war denn doch zuviel für mich.
»Du glaubst doch wohl nicht im Ernst, Basil«, sagte ich, »daß dieser Kunde als blinder Passagier Nansens Nordpolfahrt mit-

gemacht und sich als den Tollen Mullah ausgegeben hat und ...«
»Er hat einen Fehler«, sagte Basil nachdenklich, »oder eine Tugend, wie man es nehmen will. Er erzählt die Wahrheit in einem zu präzisen und kahlen Stil. Er ist zu wahrheitsliebend.«
»Oh«, lachte Rupert verächtlich, »wenn du paradox sein willst, so sei ein bißchen witziger. Sage zum Beispiel, er habe sein ganzes Leben auf dem Stammsitz seiner uralten Familie verbracht.«
»Nein«, erwiderte Basil ruhig, »er liebt die Ortsveränderung über alles und hält sich gern an sonderbaren Plätzen auf. Der Hauptzug jedoch an ihm ist, daß er wörtlich die Wahrheit sagt. Ihr versteht eben nicht, wie erstaunlich seltsam eine Sache klingt, wenn man sie genau ihrem tatsächlichen Hergang nach, ohne jede poetische Ausschmückung, berichtet. Mit den Geschichten, die Keith erzählt, kann kein Mensch Ehre einlegen, sie sind zu vernünftig. Aber gerade so etwas würde jemand tun, der Spaß an Ulk und Dummheiten hat.«
»Jetzt scheinst du uns mit modischen Schlagworten kommen zu wollen«, sagte sein Bruder mit ziemlich deutlichem Hohnlächeln. »Glaubst du, Wahrheit sei seltsamer als Dichtung?«
»Wahrheit muß notwendigerweise seltsamer sein als Dichtung«, antwortete Basil ruhig. »Denn Dichtung ist Schöpfung des menschlichen Geistes und kann über dessen Grenzen nicht hinaus.«
»Nun, wenn dein Leutnant die Wahrheit spricht«, fuhr Rupert wieder in schnippischem Ton fort, »so habe ich noch niemals so seltsame Wahrheiten gehört. Glaubst du wirklich die ganze Geschichte von dem Haifisch und der Kamera?«
»Ich glaube Keith aufs Wort«, antwortete Basil. »Er ist ein ehrlicher Mensch.«
»Darüber möchte ich gern die Scharen seiner verschiedenen Wirtinnen befragen«, bemerkte Rupert zynisch.
»Du kannst ihn doch unmöglich allein nach seinen Worten beurteilen«, warf ich sanft ein, »wenn du seine Lebensweise betrachtest ...«
Bevor ich den Satz vollenden konnte, wurde die Tür aufgerissen, und Drummond Keith erschien wieder auf der Schwelle, seinen weißen Panamahut auf dem Kopf.
»Was ich sagen wollte, Grant«, fing er an, indem er die Asche seiner Zigarette gegen die Tür knipste, »ich habe bis April keinen Heller in der Tasche. Können Sie mir hundert Pfund leihen? Sie würden mir einen großen Gefallen tun.«
Rupert und ich blickten uns mit ironischem Lächeln schweigend

an. Basil, der an seinem Schreibtisch saß, schwang sich auf seinem Drehstuhl herum, nahm einen Füllfederhalter zur Hand und öffnete sein Scheckbuch.

»Na«, sagte Rupert, ziemlich nervös und laut, »da Leutnant Keith nichts dabei gefunden hat, Basil vor versammeltem Publikum anzupumpen, so ...«

»Da, Sie Taugenichts«, sagte Basil und warf dem nicht im geringsten befangenen Offizier einen Scheck zu. »Haben Sie es so dringend nötig?«

»Ja«, antwortete Keith abrupt. »Ich brauche das Geld dringend. Ich bin auf dem Wege zu ... zu einem Geschäftsmann.«

Rupert betrachtete ihn mit sarkastischen Blicken und schien die Worte auf der Zunge zu haben: ›Vielleicht ein Hehler, mit dem er Geschäfte macht.‹ In Wirklichkeit sagte er nur:

»Einem Geschäftsmann? Ein ziemlich allgemeiner Ausdruck.«

Keith blickte ihn scharf an und sagte dann ziemlich übellaunig:

»Ich gehe zu meinem Agenten, einem Häusermakler, wenn Sie's wissen wollen.«

»Ah so, zu einem Häusermakler gehen Sie!« bemerkte Rupert sarkastisch. »Ich würde verteufelt gern mit Ihnen gehen, Herr Keith.«

Basil gluckste in sich hinein. Leutnant Keith fuhr auf und machte ein finsteres Gesicht.

»Ich habe Sie nicht verstanden. Was sagten Sie bitte?«

»Ich fragte, ob Sie wohl etwas dagegen haben würden, wenn wir mit zu Ihrem Häusermakler gingen?«

Leutnant Keith wirbelte seinen Stock herum.

»In Gottes Namen, kommen Sie mit! Inspizieren Sie mein Schlafzimmer. Schauen Sie unter mein Bett. Durchwühlen Sie meinen Kehrichteimer. Kommen Sie mit!« Und wütend drehte er sich um und stürmte aus dem Zimmer.

Rupert Grant, dessen blaue Augen aufgeregt flackerten, holte ihn bald ein und schlug ihm gegenüber jenen harmlosen, vertraulichen Ton an, den er als verkappter Detektiv einem verkappten Verbrecher gegenüber für angemessen hielt. Bestärkt wurde er in seinem Verdacht durch einen besonderen Umstand, nämlich die unverkennbare Unruhe und Nervosität des anderen. Auch Basil und ich, die ihnen folgten, hatten diese Unruhe bemerkt, die so deutlich war, daß wir uns gegenseitig gar nicht darauf aufmerksam zu machen brauchten.

Leutnant Keith führte uns auf dem Wege zu seinem fabelhaften

Häusermakler durch ziemlich verdächtige Straßen. Keinem von uns entging dieser Umstand. Als die Straßen immer enger und krummer wurden, die Häuser niedriger und die Gossen schmutziger, machte die heitere Arglosigkeit auf Basils Gesicht einer ernsten Neugier Platz, und Ruperts Gestalt wirkte, von hinten gesehen, wie die Verkörperung des Erfolges; er schien die ganze Straße auszufüllen, so siegesgewiß stolzierte er einher. Schließlich kamen wir, nachdem wir in dem öden Viertel vier oder fünf graue Sträßchen durchschritten hatten, zu einem niedrigen, schmutzigen Haus, in dem nicht einmal ein kleiner Spielwarenladen hätte Platz finden können. Über einer Tür las man: P. Montmorency, Häusermakler.

Leutnant Keith sah uns mißmutig an und sagte dann schneidend: »Dies ist das Büro, von dem ich sprach. Wollen Sie hier einen Augenblick warten, oder erweckt Ihre erstaunliche Besorgtheit um mein Wohlergehen in Ihnen den Wunsch, alles mit anzuhören, was ich meinem geschäftlichen Berater zu sagen habe?«

Ruperts Gesicht war bleich und zitterte vor Aufregung; nichts in der Welt hätte ihn jetzt veranlassen können, seine Beute fahrenzulassen.

»Wenn Sie nichts dagegen haben«, sagte er, indem er seine Hände auf dem Rücken zu Fäusten ballte, »so würde es mich interessieren ...«

»Oh, kommen Sie nur mit!« fauchte der Leutnant. Er machte eine Gebärde, als wenn er jetzt alles verloren gebe, riß die Tür mit einem Ruck auf und stürzte ins Büro. Wir fielen fast über ihn, so dicht waren wir ihm auf den Fersen.

P. Montmorency, Häusermakler, ein alter Herr, saß ganz allein hinter einem kahlen braunen Tisch. Sein Kopf glich einem Ei, die Kinn- und Backenpartie hätte einem Frosch gehören können, wenn sie nicht von einer grauen Bartkrause umsäumt gewesen wäre. Eine rötliche Adlernase fügte sich in das Ganze nicht übel ein. Er trug einen schäbigen schwarzen Gehrock und eine an die Bäffchen der Geistlichen erinnernde Krawatte, die nur ganz ungeistlich unterhalb eines ziemlich weiten Halsausschnittes saß. Nach dem Gesamteindruck hatte der Mann etwa so viel Ähnlichkeit mit einem Häusermakler wie ein Plakatträger oder ein schottischer Hochländer.

Eine halbe Minute standen wir bereits im Zimmer, ohne daß es dem sonderbaren alten Herrn eingefallen wäre, uns anzusehen.

Wir sahen ihn aber, offen gestanden, ebensowenig an. Wir blickten, gleich ihm, auf den Tisch, wo etwas Lebendiges herumkrabbelte. Es war ein Frettchen.
Das Schweigen wurde durch Rupert Grant gebrochen. Er sprach in dem angenehm stählernen Ton, den er für große Gelegenheiten aufsparte und stundenlang in seinem Schlafzimmer einübte.
»Habe ich die Ehre mit Herrn Montmorency?«
Der alte Herr fuhr auf, sah uns verdutzt an, packte das Frettchen beim Genick, stopfte es, lebendig wie es war, in seine Hosentasche, setzte ein höfliches Lächeln auf und sagte:
»Mein Herr?«
»Sie sind Häusermakler, nicht wahr?« fragte Rupert.
Zum Entzücken des Detektivs glitten Herrn Montmorencys Augen unruhig zu Leutnant Keith hinüber, dem einzigen Menschen, den er unter den Anwesenden kannte.
»Häusermakler«, wiederholte Rupert und brachte das Wort heraus, als ob es »Einbrecher« bedeutete.
»Ja ... jawohl«, antwortete Herr Montmorency mit flüchtigem, aber fast kokettem Lächeln. »Ich bin Häusermakler ..., jawohl.«
»Wenn ich nicht irre«, fuhr Rupert mit hämischer Höflichkeit fort, »will Leutnant Keith mit Ihnen sprechen. Wir sind auf sein Ersuchen mit hereingekommen.«
Leutnant Keith blickte düster drein und sagte dann:
»Ich komme wegen meines Hauses, Herr Montmorency.«
»Jawohl, jawohl«, antwortete Montmorency und drückte mit gespreizten Fingern auf die Tischplatte. »Es ist fertig. Es ist alles geschehen, was Sie verlangt haben, und mit der ...«
»Gut!« rief Keith. Das Wort knallte wie ein Pistolenschuß in Montmorencys Satzgefüge.
»Darüber brauchen Sie sich nicht den Kopf zu zerbrechen. Wenn Sie meine Anordnungen ausgeführt haben, wird's schon stimmen.«
Er wandte sich zur Tür.
Herr Montmorency machte ein klägliches Gesicht. Nach einigem Stammeln brachte er hervor. »Entschuldigen Sie, Herr Keith ..., es ist noch eine andere Schwierigkeit, über die ich mir nicht ganz klar war. Die Heizanlage ist so gut, wie sie unter den obwaltenden Umständen möglich ist ..., aber im Winter ..., in einer solchen Höhe ...«
»Kann man nicht viel erwarten, wie?« Wieder schnitt ihm der Leutnant mit derselben Geschicklichkeit das Wort ab. »Natürlich

nicht. Das ist mir klar. Es wird schon gehen. Weitere Schwierigkeiten können ja nicht vorhanden sein.« Und dann griff er nach der Türklinke.

»Ich glaube«, sagte Rupert mit satanischer Verbindlichkeit, »daß Herr Montmorency Ihnen noch mehr zu sagen hat, Herr Keith.«

»Ich wollte nur«, stammelte der Häusermakler verzweifelt, »wegen der Vögel fragen.«

»Wie meinen Sie?« fragte Rupert verdutzt.

»Wenn nur die Vögel nicht wären!« rief der Häusermakler aus, ohne sich um Rupert Grant zu kümmern.

Basil, der während der ganzen Verhandlung in einem Zustand napoleonischer Ruhe oder, vielleicht besser gesagt, napoleonischen Stumpfsinns verblieben war, hob plötzlich seinen Löwenkopf.

»Wirklich, Keith«, sagte er, »geben Sie ihm doch Auskunft. Was ist mit den Vögeln?«

»Ich werde für sie sorgen«, antwortete Leutnant Keith, der uns noch immer den Rücken zuwandte, »sie sollen nicht leiden.«

»Vielen Dank, vielen Dank!« rief der unbegreifliche Häusermakler begeistert aus. »Sie werden meine Besorgnis entschuldigen, Herr Keith. Sie wissen ja, ich bin auf Tiere versessen. Danke sehr, vielen Dank. Aber es ist da noch etwas anderes ...«

Der Leutnant platzte auf einmal los und drehte sich lachend herum. Es war ein Lachen, das in irgendeiner Beziehung zu dem Gesprochenen stand, ohne daß man jedoch diese Beziehung hätte herausbekommen können. Wenn man ein Lachen in Worte übersetzen kann, so hieß es, wörtlich übersetzt, so: »Wenn ihr mir den Spaß denn verderben wollt, so verderbt ihn, aber ihr wißt nicht, was ihr mir verderbt.«

»Es ist da noch etwas anderes ...«, wiederholte Herr Montmorency leise: »Wenn Sie Besucher fernhalten wollen, ist es natürlich am besten, Sie streichen das Haus grün an, aber ...«

»Grün, natürlich!« rief Keith. »Grün! Grün oder gar keine Farbe! Ich will keine andere Farbe haben als grün. Grün!« Und ehe wir uns versehen hatten, war die Ausgangstür zur Straße uns vor der Nase zugeschlagen.

Rupert Grant schien einige Sekunden zu brauchen, um sich zu sammeln, aber das Dröhnen der zugeschlagenen Tür war noch nicht verhallt, als er die Sprache wiederfand.

»Herr Leutnant Keith scheint etwas aufgeregt zu sein«, sagte er. »Was ist mit ihm? Ist er krank?«

»Oh, ich glaube nicht«, erwiderte Herr Montmorency etwas verwirrt. »Die Verhandlungen waren ziemlich schwierig ..., das Haus ist ...«
»Grün«, sagte Rupert ruhig. »Das scheint ein sehr wichtiger Punkt zu sein. Es muß grün sein. Darf ich Sie fragen, Herr Montmorency, bevor ich mich wieder nach draußen zu Herrn Keith begebe, ob es in Ihrer Branche üblich ist, sich Häuser vor allem nach dem Anstrich auszusuchen? Gibt es Leute, die bei einem Häusermakler ein rotes oder ein blaues oder zum Beispiel ein grünes Haus bestellen?«
»Wenn einem daran liegt«, antwortete Montmorency zitternd, »möglichst unbemerkt zu bleiben ...«
Rupert zeigte sein erbarmungsloses Lächeln. »Können Sie mir einen Platz auf der Welt nennen, wo ein grünes Haus unbemerkt bleiben würde?«
Der Häusermakler suchte nervös in seiner Tasche herum. Während er langsam ein paar Eidechsen herauszog und sie über den Tisch laufen ließ, sagte er:
»Nein, das kann ich nicht.«
»Sie können mir keine Erklärung dafür geben?«
»Nein«, antwortete Montmorency und erhob sich langsam, aber entschlossen. »Das kann ich nicht. Und darf ich mir vielleicht als vielbeschäftigter Mann erlauben, Sie zu fragen, meine Herren, ob Sie noch ein Anliegen haben, das in Beziehung zu meiner geschäftlichen Tätigkeit steht? Auf was für ein Haus reflektieren die Herren?«
Er richtete seine leeren blauen Augen auf Rupert, der für den Augenblick ganz verblüfft war, sich aber rasch wieder faßte und höflich antwortete:
»Es tut mir leid, Herr Montmorency, Ihnen keinen Auftrag erteilen zu können. Ihre Bemerkungen haben uns derart fasziniert, daß wir es leider versäumt haben, unserem Freund sofort zu folgen. Entschuldigen Sie bitte, wenn ich den Anschein der Zudringlichkeit hervorgerufen habe.«
»Aber bitte sehr«, sagte der Häusermakler, holte seelenruhig eine südamerikanische Spinne aus seiner Westentasche hervor und ließ sie an seinem Schreibpult hinaufklimmen. »Aber bitte sehr. Ich hoffe, bald wieder das Vergnügen zu haben.«
Rupert Grant schritt eilig über die Schwelle und hielt ärgerlich nach Leutnant Keith Ausschau. Aber der war fort. Die dunkle Straße war leer.

»Na, was sagst du nun?« fragte Rupert seinen Bruder. Sein Bruder sagte vorläufig nichts.

Wir schritten alle drei schweigend die Straße entlang, Rupert fiebrig erregt, ich ziemlich bestürzt, während Basil zu träumen schien. Wir gingen durch ein Gewirr öder Straßen, in denen uns außer ein paar Betrunkenen kaum ein Mensch begegnete.

Aber in einer dieser kleinen Straßen wurden aus zwei oder drei Leuten plötzlich fünf oder sechs, diese wuchsen zu Gruppen an, und ehe man sich's versah, stand ein Haufen Menschen beisammen. Die Menge bewegte sich kaum. Aber wer nur eine kleine Ahnung von Massenansammlungen hat, weiß, daß ein Pöbelhaufen, dessen äußerer Rand nur eine ganz leichte Bewegung zeigt, in der Mitte vor Erregung kocht. Wir sahen bald, daß etwas Wichtiges passiert sein mußte. Wir drängelten uns mit der nur geborenen Londonern eigenen Schlauheit in den Haufen hinein und entdeckten bald die Ursache der Erregung. Es hatte eine Schlägerei zwischen etwa sechs Leuten stattgefunden, von denen nun einer wie tot auf dem Pflaster lag. Von den anderen nahm nur einer unser Interesse in Anspruch. Denn unter den Teilnehmern dieser blutigen Schlägerei war der harmlose Leutnant Keith, in zerrissenem Anzug, mit noch vor Kampfeslust blitzenden Augen und blutbefleckten Händen. Durch etwas anderes jedoch wurde er noch schwerer belastet. Vor ihm auf dem Pflaster lag ein aus einem eleganten Spazierstock gezogener kurzer Degen oder langer Dolch, der jedoch nicht blutig zu sein schien.

Die Polizei war bereits mit ihrer zermalmenden Allmacht zur Mitte des Menschenknäuels vorgedrungen, und eben, als die Erhebungen beginnen sollten, sprang Rupert Grant vor, unfähig, sein Geheimnis weiter bei sich zu behalten.

»Das ist der Mann, Herr Wachtmeister«, rief er, indem er auf den übel zugerichteten Leutnant zeigte. »Er ist ein verdächtiger Mensch. Kein anderer hat den Mord begangen.«

»Es ist kein Mord begangen worden«, sagte der Polizist mit automatischer Höflichkeit. »Der arme Teufel ist nur verletzt. Ich werde nur die Namen und Adressen der an der Schlägerei beteiligten Personen notieren und mich überzeugen, ob diese stimmen.«

»Bei dem überzeugen Sie sich nur ja!« sagte Rupert kreidebleich und zeigte wieder auf den schwer mitgenommenen Keith.

»Schon recht«, erwiderte der Polizist kühl und machte sich daran,

die Adressen der Beteiligten aufzuschreiben. Als er seine Aufgabe erledigt hatte, war es bereits dunkel, und die meisten nicht unmittelbar an den Erhebungen beteiligten Leute waren fortgegangen. Einer wanderte jedoch noch immer höchst interessiert um die kleine Gruppe herum. Es war Rupert Grant.
»Herr Wachtmeister«, sagte er zu dem Polizisten, als dieser gehen wollte, »ich habe eine ganz besondere Veranlassung zu der Frage, die ich an Sie richten möchte. Würden Sie mir vielleicht sagen, ob dieser famose Herr, der bei der Rauferei seinen Stockdegen fallen ließ, Ihnen eine Adresse angegeben hat?«
»Jawohl«, erwiderte der Polizist nach einiger Überlegung, »jawohl, er hat mir seine Adresse angegeben.«
»Mein Name ist Rupert Grant«, sagte der Detektiv in etwas pomphaftem Ton. »Ich habe der Polizei bei mehr als einer Gelegenheit meine Dienste geliehen. Würden Sie mir eine besondere Gefälligkeit erweisen und mir die Adresse mitteilen?«
Der Polizist sah ihn an.
»Ja«, sagte er dann langsam, »wenn Ihnen daran liegt. Seine Adresse lautet: Ulmenhaus, Buxtoner Heide, bei Purley, Grafschaft Surrey.«
»Danke vielmals«, sagte Rupert und lief, so schnell ihn seine Beine tragen konnten, durch den dunkelnden Abend nach Hause, wobei er sich die Adresse wiederholt vorsprach, um sie sich fest einzuprägen.

Rupert Grant erschien gewöhnlich wie ein großer Herr erst spät beim Frühstück, er gefiel sich immer in der Rolle des jüngeren Bruders, bei dem der gestrenge Vater ein Auge zudrückt. Am nächsten Morgen jedoch war er, als Basil und ich herunterkamen, bereits fertig, und wir sahen gleich, wie nervös er war.
Wir hatten uns kaum gesetzt, da fragte er seinen Bruder schon: »Na, was denkst du jetzt von deinem Drummond Keith?«
»Was ich von ihm denke?« sagte Basil langsam. »Ich denke gar nichts von ihm.«
»Freut mich zu hören«, frohlockte Rupert und strich mit gewaltigem Messerdruck die Butter auf sein Brot. »Ich dachte ja gleich, du würdest dich zu meiner Ansicht bekehren, aber ich war, offen gestanden, etwas erstaunt über deine Kurzsichtigkeit. Der Kerl ist ein Erzgauner und lügt wie gedruckt.«
»Ich glaube«, sagte Basil ebenso eintönig wie zuvor, »ich habe mich nicht klar ausgedrückt. Als ich sagte, ich dächte nichts von

ihm, meinte ich es ganz wörtlich. Ich wollte sagen, ich denke nicht an ihn, er beschäftigt meinen Geist nicht. Du scheinst jedoch eine ganze Menge von ihm zu denken, da du ihn für einen Erzgauner hältst. Nach meiner Ansicht strahlt er geradezu von Güte.«

»Es scheint mir manchmal«, erwiderte Rupert, indem er mit unnötiger Heftigkeit ein Ei aufschlug, »als ob du die paradoxen Redensarten um ihrer selbst willen liebst. Was soll denn das überhaupt heißen? Niemand weiß – darüber sind wir uns doch alle klar –, was dieser Mann eigentlich treibt. Er zieht unstet umher, erzählt tolle Geschichten und verheimlicht durchaus nicht, daß er überall, wo es wild und blutig zugegangen ist, dabei war. Wir machen uns die Mühe, ihm zu einem angeblichen Häusermakler zu folgen, und wenn je zwei Menschen dunkle Pläne geschmiedet haben, so waren es diese beiden. Am selben Abend treffen wir ihn bei einer wüsten Schlägerei, in der beinahe einer tot auf dem Platz geblieben wäre, und er ist als einziger von allen bewaffnet. Wenn du das ›von Güte strahlen‹ nennst, so muß ich gestehen, daß mich dieser Strahl nicht blendet.«

Basil blieb ganz ungerührt. »Ich gebe zu, er hat seine Eigenheiten. Er liebt das Experimentieren und die Veränderung. Aber alles, was du so geistreich gegen ihn vorbringst, ist reiner Zufall, oder es bekommt durch deine Voreingenommenheit ein ganz anderes Aussehen. Allerdings wollte er in unserer Gegenwart nicht von seinem Hauskauf sprechen. Aber das ist ganz natürlich, und du würdest genauso handeln. Er trägt einen Stockdegen. Das tun viele. Und wenn er die Klinge bei einer Schlägerei, in die er verwickelt wurde, gezogen hat, wer würde das nicht tun? Aber bei alledem ist gar nichts Verdächtiges, was dich in der Meinung bestärken könnte ...«

Es klopfte.

»Verzeihung, Herr Grant«, sagte die Wirtin mit bestürztem Gesicht, »ein Polizist möchte Sie sprechen.«

»Führen Sie ihn herein!«

Der große Polizist, der in der Tür erschien, bat nicht erst um die Erlaubnis, seinen Mund auftun zu dürfen. Sein Ton war bestimmt, aber respektvoll.

»Wenn ich nicht irre, war einer von den Herren gestern abend bei der Schlägerei in der Kupferstraße anwesend und machte mich ganz besonders auf einen gewissen Mann aufmerksam.«

Ruperts Augen blitzten wie Diamanten, als er sich erhob, aber der Polizist fuhr an Hand seiner Aufzeichnungen ruhig fort.

»Einen jungen Mann mit grauem Haar. Trug einen leichten grauen Anzug von sehr gutem Stoff, der ihm im Handgemenge zerrissen wurde. Gab als Namen Drummond Keith an.«

»Das ist lustig«, sagte Basil lachend. »Ich war gerade dabei, den Charakter dieses armen Menschen von gänzlich aus der Luft gegriffenen Verleumdungen zu reinigen. Was ist mit ihm?«

»Ich schrieb die Adressen sämtlicher Teilnehmer auf«, fuhr der Polizist fort, »und ließ nachsehen, ob sie stimmten. Alle Adressen stimmten, mit Ausnahme derjenigen, die Keith angab. Das Haus existiert überhaupt nicht.«

Rupert schlug sich so heftig auf beide Schenkel, daß er den Frühstückstisch beinahe umgeworfen hätte.

»Sehr gut«, rief er in lauter Begeisterung, »dies ist ein Zeichen vom Himmel.«

»Es ist sicher sehr merkwürdig«, sagte Basil mit gerunzelter Stirn. »Es ist doch sonderbar, daß Keith eine falsche Adresse angegeben haben soll, da er bei der Geschichte doch vollständig unschuldig war.«

»O du braver Dummkopf«, rief Rupert sehr gutmütig, in bester Laune, »du taugtest freilich nicht zum Richter. Du hältst jeden für einen ebensolchen Engel, wie du selbst bist. Ist die Sache denn jetzt nicht ganz klar? Ein verdächtiger Mensch, Münchhausensche Lügen, ein sehr verdächtiges Gespräch, verrufene Straßen, ein verborgener Dolch, ein beinahe tödlich Verwundeter und schließlich eine unrichtige Adresse. Kurz alles, was eine Ausstrahlung von Güte hervorrufen kann, ist vorhanden.«

»Es ist sicher sehr merkwürdig«, wiederholte Basil. Er ging nachdenklich im Zimmer auf und ab, dann fragte er den Polizisten: »Sind Sie ganz sicher, daß kein Irrtum vorliegen kann? Sie haben die Adresse richtig aufgeschrieben, und die Polizei hat sie wirklich gesucht und herausgefunden, daß Keith geschwindelt hat?«

»Die Sache ist sehr einfach«, sagte der Polizist. »Die Buxtoner Heide dicht bei London ist wohlbekannt, und unsere Leute waren schon heute beim Morgengrauen dort. Aber ein Haus mit solchem Namen gibt es dort nicht. Es gibt überhaupt kaum ein Haus dort. Obgleich London so nahe liegt, sieht man nur kahle Heide und kaum fünf Bäume, von Häusern ganz zu schweigen. Nein, die Adresse war glatter Schwindel. Der Kerl war so dumm nicht und wählte sich eine Gegend aus, die kein Mensch kennt. Wer wüßte ohne weiteres, daß auf der Buxtoner Heide kein Haus mit solchem Namen steht? Aber es steht tatsächlich keins da.«

Basils Gesicht war während dieser wohlgesetzten Rede dunkler und dunkler geworden, er schien scharf und verzweifelt nachzudenken. Ich sah ihn zum ersten Mal, seit ich ihn kannte, in die Enge getrieben, und die kindliche Hartnäckigkeit, mit der er sich zugunsten des doch sehr fragwürdigen Leutnants an sein ursprüngliches Vorurteil klammerte, setzte mich in Erstaunen. Schließlich fragte er noch einmal:

»Die Heide wurde also wirklich abgesucht? Und die Adresse war in dem Bezirk wirklich nicht bekannt? Wie lautete übrigens die Adresse?«

Der Polizist sah in seinen Aufzeichnungen nach, doch bevor er zu Worte kam, sagte Rupert Grant, der in der Haltung des von seiner These überzeugten und triumphierenden Detektivs in der Fensternische lehnte und gelangweilt Blätter von einer Blume zupfte, in seinem scharfen und doch verbindlichen Ton:

»Ich kann sie dir sagen, Basil. Ich war so vorsichtig, mir schon gestern abend die Adresse zu verschaffen.«

»Und wie lautete sie?« fragte sein Bruder brummig.

»Der Herr Wachtmeister wird die Freundlichkeit haben, mich zu berichtigen, wenn ich sie nicht genau wiedergebe. Sie lautete: Ulmenhaus, Buxtoner Heide, bei Purley, Grafschaft Surrey.«

»Ganz richtig«, lachte der Polizist und klappte sein Büchlein zu.

Alles schwieg, und Basils blaue Augen starrten einige Sekunden ins Leere. Dann fiel sein Kopf so plötzlich hintenüber, daß ich im ersten Augenblick dachte, er habe einen Ohnmachtsanfall bekommen. Aber bevor ich aufspringen konnte, hatte er den Mund weit aufgerissen (ich kann keinen anderen Ausdruck gebrauchen), und eine ungeheure Lachwelle sprang zur Decke empor – er bekam einen richtigen Lachkrampf, daß einem angst und bange wurde.

Zwei Minuten gingen vorüber, und es war noch immer kein Ende abzusehen. Er starb fast vor Lachen, uns aber fuhr der bleiche Schrecken in die Knochen.

»Bitte vielmals um Entschuldigung«, sagte er schließlich, als es ihm gelang, aufzuhören. »Ich bedauere unendlich. Dieses Lachen ist einfach scheußlich, verstößt gegen alle Höflichkeit und ist höchst dumm, aber vor allem unpraktisch, weil wir nicht viel Zeit zu verlieren haben, wenn wir zur Buxtoner Heide kommen wollen. Die Zugverbindung ist miserabel, wie ich zufällig weiß. Die Fahrzeit steht in gar keinem Verhältnis zu der an sich nur recht kleinen Entfernung.«

»Zur Buxtoner Heide kommen wollen?« wiederholte ich. »Was wollen wir denn da?«
»So heißt sie doch, nicht wahr?« sagte Basil und steckte die Hände in die Taschen. »Buxtoner Heide bei Purley. Hat jemand zufällig einen Fahrplan?«
»Du hast doch wohl nicht im Ernst vor«, rief Rupert, in dem die verschiedensten Gefühle um die Herrschaft kämpften, »nach der Buxtoner Heide zu fahren? Das kannst du doch unmöglich meinen!«
»Warum sollte ich nicht hinfahren?« fragte Basil lächelnd.
»Aber warum solltest du hinfahren?« rief Rupert, der verzweifelt die arme Blume in der Fensternische kahl rupfte.
»Natürlich um unseren Freund, den Leutnant, aufzusuchen. Ich dachte, du wolltest ihn finden?«
Rupert brach gleich den ganzen Stengel ab und warf ihn ungeduldig zu Boden.
»Und um ihn zu finden, willst du ausgerechnet den einzigen Platz auf der ganzen bewohnten Erde aufsuchen, wo er, wie wir bestimmt wissen, nicht sein kann?«
Der Polizist und ich konnten uns nicht enthalten, in ein beistimmendes Lachen auszubrechen, und Rupert, der die Schleusen seiner Beredsamkeit nur allzugern öffnete, wurde dadurch ermutigt, dieses Argument noch weiter auszubauen.
»Er mag sich im Buckingham Palast aufhalten, er mag rittlings auf dem Kreuz der Paulskirche sitzen, er kann im Gefängnis sein (was ich für das wahrscheinlichste halte), er kann in meiner Speisekammer oder in deinem Vorratsschrank stecken, aber unter all den unzähligen Orten des unbegrenzten Raumes befindet sich nur einer, an dem man systematische Nachforschungen nach ihm angestellt und ihn nicht gefunden hat – und ausgerechnet dorthin möchtest du uns führen, wenn ich recht verstanden habe.«
»Ganz richtig«, sagte Basil ruhig und zog seinen Mantel an. »Ich dachte, ihr hättet vielleicht Lust, mitzugehen. Wenn nicht, so amüsiert euch hier gut, bis ich zurückkomme.«
»Hör doch mal«, rief Rupert, »meinst du wirklich, es hätte irgendeinen Zweck, auf diese gottverlassene Heide zu gehen, wo bloß ein paar krüppelige Bäume im Winde ächzen, lediglich weil diesem streitsüchtigen Leutnant, als er sich herauslügen wollte, dieser Name zufällig zuerst eingefallen ist?«
»Ja«, sagte Basil nach der Uhr sehend, »aber was schlimmer ist, wir haben den Zug verpaßt.«

Er schwieg einen Augenblick und setzte dann hinzu: »Wir können auch ebensogut später fahren. Ich habe einige Briefe zu schreiben, und du wolltest doch in die Dulwich-Galerie gehen, Rupert. Ich hätte mich gar nicht so zu beeilen brauchen. Wahrscheinlich wäre er gar nicht zu Hause gewesen. Aber wenn wir den Fünfuhrzug nehmen, der so gegen sechs in Purley ankommt, werden wir ihn sicher erwischen.«

»Ja, ihn erwischen!« rief sein Bruder ärgerlich. »Ich wollte, wir hätten ihn. Wo sollen wir ihn nun finden?«

»Im – wie heißt die Villa noch mal? – im Ulmenhaus auf der Buxtoner Heide bei Purley. Dort werden wir ihn finden.« Und damit machte er sich auf den Weg.

»Aber ein solches Haus existiert ja nicht«, ächzte Rupert, doch er ging trotzdem seinem Bruder nach.

Es liegt in unserer Natur, Phantomen nachzujagen und Dinge erst zu schätzen, wenn sie die Neigung zeigen, uns zu entschlüpfen. Wir folgten also Basil, warum, kann ich nicht sagen, vielleicht weil er ein zerflatterndes Phantom war und nun wirklich mit Mantel und Stock unseren Augen entschwand. Rupert lief hinter ihm her und setzte ihm mit einem beträchtlichen Aufwand von Vernunftgründen zu.

Ich folgte hinterher, während der Polizist sich kopfschüttelnd trollte. Es half alles nichts, wir mußten Basil folgen. Das war immer so, und das Seltsame war, je unsinnigeres Zeug er sprach, desto mehr wurden wir ihm nachgezogen. Ich glaube, wenn er mit den Worten: ›Ich will das Heilige Schwein mit den zehn Schwänzen ausfindig machen‹ vom Frühstückstisch aufgestanden wäre, würden wir ihm bis ans Ende der Welt gefolgt sein.

Dieses Gefühl veranlaßte mich wohl auch, ihn auf dem sonderbaren Gang zu begleiten, den wir noch am selben Abend antraten. Es war bereits ziemlich dunkel, als wir uns von Purley südwärts in Bewegung setzten. Die Vorstädte Londons mit ihrer näheren Umgebung sind im allgemeinen nicht so schlimm wie ihr Ruf, man kann sich dort sogar ganz behaglich fühlen. Aber wenn man dort einmal in eine wirklich öde Gegend kommt, so fühlt man sich bedrückter und einsamer als auf den Hochmooren Schottlands, weil der Übergang vom Lärm zur Stille so plötzlich ist, daß man an die Zauberei eines bösen Geistes denkt. Man fühlt sich in eine von Gott halbvergessene Wüstenei versetzt. Solch ein Gefühl hatte man auf der Buxtoner Heide bei Purley.

Die ganze Landschaft war in düsteres Grau getaucht und wirkte schon an und für sich bedrückend, aber wenn wir an die Sinnlosigkeit unserer Expedition dachten, so verdüsterte sich unsere Stimmung noch viel mehr. Alles schien hier sinn- und zwecklos zu sein, die öden Strecken fahlen Grases, die spärlichen, windschiefen Bäume, vor allem aber wir drei Menschlein. Wir jagten einem Irrwisch nach, der seit unvordenklichen Zeiten die Leute in Sumpf und Morast gelockt hatte. Wir suchten unter Führung eines Geisteskranken einen bestimmt Abwesenden in einem gar nicht vorhandenen Hause. Ein gelblich-fahler Lichtschimmer stand noch am westlichen Himmel, die Sonne schien uns, bevor sie ganz unterging, noch ein schwaches, spöttisches Lächeln zu schenken.

Basil ging mit hochgeschlagenem Mantelkragen voraus und glich in der Dämmerung einer grotesken Karikatur Napoleons. In zunehmender Dunkelheit und tiefem Schweigen stolperten wir über die windige Heide dahin. Plötzlich hielt Basil an, drehte sich um, die Hände in den Taschen. Es war gerade noch hell genug, daß ich auf seinem Gesicht ein breites, zufriedenes Lächeln entdecken konnte.

»So«, sagte er, nahm seine dickbehandschuhten Hände aus den Taschen und schlug sie zusammen, »da wären wir endlich angelangt.«

Melancholisch pfiff der Wind über die öde Heide, zwei einsame Ulmen wiegten über uns ihre Kronen, die von unten wie formlose graue Wolken aussahen. Ringsum, so weit der Blick schweifen konnte, keine Spur von Mensch oder Tier, und inmitten dieser Wildnis stand Basil Grant und rieb sich die Hände wie ein Wirt, der Gäste zur offenen Tür hereinkomplimentiert.

»Wie erfreulich«, sagte er, »wieder in bewohnte Gegenden zu kommen! Die Auffassung, daß die Zivilisation nicht poetisch sei, ist ganz falsch, eine irrige Ansicht zivilisierter Menschen. Man verliere sich nur einmal wirklich in der Natur, in verhexten Wäldern oder unter grausamen Blumen. Dann wird man erst wissen, daß kein Stern so leuchtet wie der rote Stern des Herdfeuers, kein Fluß so funkelt wie der vom Menschen geschaffene Zauberfluß, der gute rote Wein, den du, Rupert Grant, wenn ich dich nur ein klein wenig kenne, gleich, und zwar in einigen Minuten, in ungeheuren Mengen trinken wirst.«

Rupert und ich wechselten ängstliche Blicke. Während die Stimme des Windes in den Kronen der Bäume zum Flüstern herabsank, fuhr Basil herzhaft fort:

»Ihr werdet an unserem Freund in seinem eigenen Hause einen viel umgänglicheren Menschen finden. So ging es mir, als ich ihn in seiner Hütte in Yarmouth und im Speicher eines Londoner Warenhauses besuchte. Er ist wirklich ein sehr guter Mensch. Aber seine größte Tugend ist doch – na, das habe ich euch ja gestern gesagt.«

»Was meinst du denn?« fragte ich, da er jetzt wenigstens wieder halbwegs vernünftig sprach.

»Seine größte Tugend ist, daß er immer wörtlich die Wahrheit sagt.«

»Na«, sagte Rupert, der frierend und ärgerlich mit den Füßen aufstampfte und die Arme wie ein Droschkenkutscher um die Rippen schlug, »in diesem Falle scheint er es mit der Wahrheit nicht sehr wörtlich genommen zu haben, und du auch nicht. Warum, zum Henker, wenn ich fragen darf, hast du uns auf diese verfluchte Heide geführt?«

»Ich gebe zu«, sagte Basil, den Kopf gegen den Baum gelehnt, »er war zu wahr, zu fanatisch auf die wörtliche Wahrheit bedacht, zu peinlich genau. Er hätte sich ein wenig undeutlicher ausdrücken sollen; niemand hätte ihm einen Vorwurf machen können, wenn er den Namen nicht ganz der nüchternen Wirklichkeit angepaßt, sondern etwas poetischer gestaltet hätte. Aber kommt, es wird Zeit, daß wir hineingehen. Wir werden uns sonst ungebührlich zum Essen verspäten.«

Rupert flüsterte mir mit bleichem Gesicht zu:

»Schreckliche Wahnvorstellungen, wie? Glaubt er wohl wirklich, er stände vor einem Haus?«

»Ich nehme es an«, sagte ich leise mit gepreßter Stimme. Dann gab ich mir Mühe, einen heiteren, unbefangenen Ton anzuschlagen, der jedoch in meinen Ohren so unheimlich fremd wie das Sausen des Windes klang:

»Aber mein lieber Basil! Wohin sollen wir denn gehen?«

»Ei, hier hinauf«, sagte Basil. Er schwang sich plötzlich über unsere Köpfe und kletterte den grauen Stamm des mächtigen Baumes hinauf.

»So kommt doch 'rauf!« rief er aus dem dunklen Baum übermütig wie ein Schuljunge. »Beeilt euch, sonst kommt ihr zu spät zum Abendessen.«

Die zwei großen Ulmen standen so nahe beisammen, daß kaum ein Meter und an einigen Stellen nur ein Viertelmeter Zwischenraum zwischen ihnen war. Die zahlreich vorhandenen Äste

und Aststümpfe bildeten fast eine natürliche Leiter. Die beiden Bäume mußten zusammen um die Wette gewachsen sein, siamesische Zwillinge im Pflanzenreich.
Weshalb wir ihm nachkletterten, vermag ich nicht zu sagen, vielleicht hatte Basil durch die Öde und das Dunkel eine geheimnisvolle, unerklärliche Herrschaft über uns gewonnen. Es war uns zumute, als ob wir eine Riesenleiter hinaufkletterten, die in den leeren Raum, vielleicht zu den Sternen führte, und die gebieterische Stimme über uns schien aus dem Himmel zu schallen. Wir turnten ihm nach.
Als ich halbwegs oben war, brachte mich ein plötzlicher kalter Windstoß zur Vernunft. Der Geisteskranke dort oben hatte keine Gewalt mehr über mich, und ich sah unser verrücktes Treiben ganz klar und scharf im Lichte des hellen Verstandes. Ich sah drei Menschen im schwarzen Abendanzug, die damit begonnen hatten, einen durchaus begründeten Verdacht gegen einen zweifelhaften Abenteurer zu fassen, und die nun hier auf kahler Heide in halber Höhe eines hohen Baumes weit weg von diesem Abenteurer und allen seinen Taten am Ende ihrer Weisheit angelangt waren, während der Abenteurer selbst aller Wahrscheinlichkeit nach sich in diesem Augenblick in irgendeiner Spelunke ins Fäustchen lachte. Er hatte genug Stoff zum Lachen, und zweifellos sparte er sein Lachen nicht. Als ich aber dachte, wie er erst lachen würde, wenn er uns hier oben auf dem Baum sähe, wäre ich beinahe hinuntergepurzelt, so sehr brachte mich dieser Gedanke außer Fassung.
»Swinburne«, rief Rupert plötzlich von oben, »was tun wir eigentlich? Wir wollen wieder hinunterklettern«, und an dem bloßen Ton seiner Stimme erkannte ich, daß auch er entsetzt zur Wirklichkeit erwacht war.
»Wir können den armen Basil doch nicht allein lassen«, erwiderte ich. »Können Sie ihn nicht rufen oder ihn am Bein festhalten?«
»Er ist zu weit oben«, rief Rupert. »Er ist schon fast im Wipfel und sucht Leutnant Keith in den Krähennestern.«
Wir waren selbst auf unserer tollen Himmelsreise bereits ziemlich weit nach oben gekommen. Die mächtigen Stämme fingen an, im Winde leicht hin und her zu schwanken. Ich blickte hinab und sah etwas, das mich schwindlig machte, ich hatte das Gefühl, als ob wir uns unendlich weit von der Erde entfernt hätten. Ich sah die fast geraden Stämme der großen Ulmen nach unten hin

immer näher zusammenrücken. Ich war gewöhnt, parallele Linien gegen den Himmel zusammenfließen zu sehen. Als ich nun dieselbe Erscheinung in umgekehrter Richtung sah, fühlte ich mich wie eine Sternschnuppe im grenzenlosen Raum verloren.
»Kann man denn nichts tun, um Basil zum Halten zu bringen?« rief ich.
»Nein«, antwortete mein Klettergenosse. »Er ist zu weit oben. Er muß erst in die Krone steigen, und wenn er dort nichts findet als Wind und dürres Laub, wird er vielleicht wieder zur Vernunft kommen. Hören Sie nur, wie er droben Monologe hält.«
»Vielleicht spricht er zu uns herab.«
»Nein«, sagte Rupert, »dann würde er schreien. Ich habe ihn niemals mit sich selbst sprechen hören. Ich fürchte, er ist heute abend wirklich in einem schlimmen Zustand. Selbstgespräche sind bekannte Vorboten völliger Verrücktheit.«
»Das stimmt«, sagte ich melancholisch und lauschte. Basils Stimme war deutlich zu hören, aber er sprach nicht mehr in dem lauten und übermütigen Ton, den wir vorhin gehört hatten. Er sprach ganz ruhig und lachte sogar ab und zu dort oben in dem Blätterdach unter den Sternen.
Nachdem wir uns eine Weile dieses Gemurmel angehört hatten, rief Rupert Grant plötzlich erschrocken: »Mein Gott!«
»Was gibt's?« fragte ich beunruhigt. »Haben Sie sich den Fuß verstaucht?«
»Nein, aber hören Sie doch nur Basil an! Er spricht nicht mit sich selbst.«
»Dann spricht er mit uns.«
»Nein, er spricht mit einem anderen.«
Ein Windstoß setzte die großen, buschigen Zweige der Ulme in plötzliche Bewegung, aber als das Rauschen aufhörte, vernahm ich dort oben eine gemütliche Unterhaltung. Ich konnte zwei Stimmen unterscheiden.
Und plötzlich rief Basil wieder übermütig wie zuvor: »Kommt nur herauf! Leutnant Keith erwartet euch.«
Und gleich darauf vernahm ich die Stimme mit dem halb amerikanischen Akzent, die wir bei uns zu Hause mehr als einmal gehört hatten, und diese Stimme rief:
»Freut mich, Sie zu sehen, meine Herren. Bitte, treten Sie näher.«
Aus der Luke eines riesigen eiförmigen, wie ein Wespennest in den Zweigen hängenden Verschlages streckte sich das bleiche Gesicht und der schwarze Schnurrbart des Leutnants heraus,

während ein freundliches, etwas südländisches Lächeln seine weißen Zähne bloßlegte.
Sprachlos und wie vor den Kopf geschlagen zogen wir uns hoch und klemmten uns in die Öffnung hinein. Wir plumpsten in ein hellerleuchtetes reizendes Zimmer mit einer einzigen runden, von Büchern bedeckten Wand und einem runden, von einer gleichfalls runden Bank umgebenen Tisch. An diesem Tisch saßen drei Personen. Die eine war Basil, der es sich so bequem gemacht hatte, als ob er von Kindesbeinen an in diesem Zimmer gewohnt hätte, er rauchte mit größtem Behagen eine Zigarre. Die zweite Person war Leutnant Drummond Keith, der auch ganz glücklich dreinblickte, während aber sein anderer Gast nur ein Bündel fieberhafter Nervosität war. Die dritte Person nämlich war der kleine kahlköpfige Häusermakler Montmorency. Die Speere, der grüne Regenschirm und der Kavalleriesäbel hingen nebeneinander an der Wand. Der versiegelte Weinkrug stand auf dem Herdsims, die mächtige Büchse in der Ecke. Auf dem Tisch stand eine Flasche Sekt. Gläser waren schon für uns bereitgestellt.
Der Nachtwind heulte tief unter uns, wie das Meer am Fuße eines Leuchtturms. Das Zimmer schwankte etwas, man hatte die Empfindung, bei leicht bewegter See in einer Schiffskabine zu sitzen.
Als der Sekt schon in den Gläsern perlte, saßen wir noch immer steif und stumm da. Da begann Basil zu sprechen.
»Deine Zweifel scheinen noch immer nicht ganz behoben zu sein, Rupert, obschon die rücksichtslose Wahrhaftigkeit unseres gekränkten verehrten Gastgebers nicht mehr in Frage gestellt werden kann.«
»Ich kann es noch nicht ganz fassen«, sagte Rupert, der noch immer in das helle Licht hineinblinzelte. »Herr Leutnant Keith sagte, seine Adresse sei . . .«
»Es ist wirklich alles in bester Ordnung«, fiel Leutnant Keith lächelnd ein. »Der Schutzmann fragte mich nach meiner Wohnung, und ich gab ganz wahrheitsgemäß an, ich wohnte im Ulmenhaus auf der Buxtoner Heide bei Purley. Sie haben sich ja jetzt von der Richtigkeit der Adresse überzeugt. Herr Montmorency, den Sie ja wohl schon kennen, ist Agent für derartige Häuser. Er ist Spezialist in Baumvillen. Er hat in seiner Branche nicht gerade über reißenden Absatz zu klagen, da die Leute, die für diese Häuser Interesse haben, eine zu allgemeine Verbreitung nicht wünschen. Auch ich wäre sicher nicht auf Herrn Montmo-

rency gestoßen, wenn ich nicht aus alter Gewohnheit in den versteckten Winkeln Londons herumspürte.«

»Sind Sie wirklich Spezialist für Baumvillen?« fragte Rupert, der in der Romantik der Wirklichkeit allmählich sein Gleichgewicht wiederfand.

Herr Montmorency suchte in seiner Verlegenheit nervös in einer seiner Taschen herum und zog eine Schlange heraus, die er auf den Tisch legte.

»Jawohl, das bin ich«, sagte er dann. »Die Sache ist so: Meine Leute zu Hause wollten aus mir durchaus einen Häusermakler machen, obschon ich mich immer nur für Naturgeschichte, Botanik und ähnliche Dinge interessiert habe. Meine armen Eltern sind jetzt schon einige Jahre tot, aber ... ich legte natürlich großen Wert darauf, ihre Wünsche zu respektieren, und ich dachte mir, eine Agentur für Baumvillen könnte eine Art – nun, eine Art Kompromiß zwischen dem Beruf eines Botanikers und dem eines Häusermaklers sein.«

Rupert konnte sich eines Lachens nicht erwehren und fragte: »Haben Sie viel Kundschaft?«

»N-nicht viel«, erwiderte Herr Montmorency und sah verstohlen nach Keith, der, wie ich überzeugt bin, sein einziger Kunde war, »aber die Kundschaft, die ich habe, ist – auserlesen.«

»Meine lieben Freunde«, sagte Basil, der behaglich seine Zigarre schmauchte, »haltet euch immer zwei Tatsachen vor Augen. Ein vernünftiger Mensch wählt höchstwahrscheinlich stets die vernünftigste Handlungsweise, ein verrückter Mensch, wie unser verehrter Herr Gastgeber, höchstwahrscheinlich die verrückteste. Die zweite Tatsache ist, daß einfache, buchstäbliche Wahrheit immer als phantastisch erscheint. Wenn Keith ein simples Backsteinhäuschen genommen und es ›Villa Ulmenhaus‹ benannt hätte, so würde das jedermann für ganz normal gehalten haben. Nur weil der Name eine dicke, unverschämte Lüge ist, nimmt man ihn gläubig hin.«

»Trinken Sie Ihren Sekt, meine Herren«, sagte Keith lachend, »sonst wird dieser verfluchte Wind ihn umwerfen.«

Wir tranken und hatten dabei das klare Bewußtsein, daß der hohe Wipfel der Ulme, obwohl das Haus vermöge eines scharfsinnig ausgedachten Mechanismus nur mäßig schwankte, in den Wolken vom Sturm hin und her gerissen wurde wie eine zerzauste Distel.

DAS MERKWÜRDIGE BENEHMEN DES PROFESSORS CHADD

Basil Grant hatte außer mir verhältnismäßig wenige Freunde, und doch war er alles andere als ein menschenscheuer Griesgram. Er knüpfte oft an irgendeinem Ort mit einem fremden Menschen ein Gespräch an und zeigte dabei nicht nur halbe Interessiertheit, sondern vollkommen aufrichtige und freudige Anteilnahme an den Angelegenheiten des anderen. Er schien sich gleichsam im Leben immer auf dem Deck eines Omnibusses oder im Wartesaal eines Bahnhofes zu befinden. Die meisten dieser Zufallsbekanntschaften verschwanden natürlich ebenso rasch wieder aus seinem Leben, wie sie hineingetreten waren. Einige freilich blieben sozusagen hier und da an ihm hängen und wurden lebenslängliche Freunde, aber sie hatten alle etwas Zufälliges an sich, etwa wie Fallobst oder aus einem Güterzug gefallene Stückgüter oder wie aus einer Weihnachtspastete herausgefischte Geschenke. Einer war, sagen wir mal, ein Tierarzt mit dem Aussehen eines Jockeys, ein anderer ein sanfter Stiftsherr mit weißem Bart und schwankenden Meinungen, ein dritter ein junger Husarenrittmeister, der genau aussah wie andere Husarenrittmeister, ein vierter ein kleiner Zahnarzt aus Fulham, den man, ohne daß es aufgefallen wäre, mit einem anderen beliebigen Zahnarzt aus Fulham hätte austauschen können. Zu diesen Bekanntschaften gehörte der kleine, dürre, elegante Major Brown. Basil hatte ihn in einer Hotelgarderobe kennengelernt bei einer Auseinandersetzung über den richtigen Hut, wobei der kleine Major ein Schulbeispiel männlicher Hysterie, verbissener Selbstsucht eines alten Junggesellen und peinlicher Ängstlichkeit einer alten Jungfer lieferte. Sie waren zusammen heimgefahren und aßen dann zweimal wöchentlich zusammen, bis sie starben. Auch ich gehörte zu dieser Art von Bekannten. Ich hatte mit Grant, als er noch Richter war, einmal im Liberalen Klub ein paar Worte über das Wetter ausgetauscht, dann hatten wir etwa eine halbe Stunde über Politik und Religion gesprochen, denn die Menschen sprechen über die wichtigsten Dinge immer am liebsten mit gänzlich Unbekannten, weil sie in einem solchen Fremden am ehesten den Mitmenschen sehen. Das Ebenbild Gottes ist da nicht verunstaltet durch die Ähnlichkeit mit einem Onkel oder durch einen Schnurrbart, der uns schon mehr als einmal geärgert hat.

Einer der interessantesten von Basils bunt zusammengewürfelten Bekannten war Professor Chadd. Er galt unter den Ethnologen (die überhaupt sehr interessante Menschen sind, jedoch allen anderen Menschen meilenweit fernstehen) als die zweitgrößte, wenn nicht die größte Autorität auf dem schwierigen Gebiet der Beziehungen wilder Volksstämme zur menschlichen Sprache. In der Nachbarschaft der Hart Street in Bloomsbury war er bekannt als ein bärtiger Mann mit kahlem Kopf, Brillengläsern und einem geduldigen Gesicht, das offenbar den Ausdruck der Leidenschaften vergessen hatte. Er ging mit einem Armvoll Bücher und einem armseligen, aber ehrsamen Regenschirm zwischen dem Britischen Museum und einer Anzahl untadeliger Teehäuser hin und her. Niemals sah man ihn ohne Bücher und Regenschirm, und weniger ernste Besucher der Abteilung für persische Manuskripte machten den Witz, er lege sich so, nämlich mit den Büchern und dem Regenschirm, in seiner kleinen Villa in der Nähe von Shepherd's Bush ins Bett. Dort wohnte er mit seinen drei Schwestern zusammen, grundgütigen, aber finster blickenden Damen. Sein Leben war glücklich wie das fast aller ernsten Gelehrten, nur fehlte ihm sozusagen die heitere Note. Mit Heiterkeit füllte sich das Haus erst, wenn sein Freund Basil Grant spätabends eintraf und stürmische Dispute entfesselte.

Basil war, obschon nahe an sechzig, manchmal so ausgelassen wie ein kleiner Junge, und diese übermütige Stimmung schien ihn besonders in dem Hause seines gelehrten und fast griesgrämigen Freundes zu überfallen. Ich kann mich lebhaft erinnern (denn ich war sowohl mit Professor Chadd wie mit Basil Grant bekannt und aß oft mit ihnen zusammen), daß Basil gerade an dem Abend, als dem Professor das sonderbare Unglück zustieß, ganz besonders ausgelassen war. Professor Chadd war wie sehr viele gerade seiner Klasse und seines Typus (die man als akademischen Mittelstand bezeichnen kann) ein entschiedener Radikaler der alten Art. Auch Grant war Radikaler, gehörte aber zu jener nicht ungewöhnlichen, kritischer veranlagten Art, die ihre meiste Zeit damit zubringt, auf die radikale Partei zu schimpfen. Chadd hatte gerade in einer Zeitschrift einen Artikel über »Die Interessen der Zulus und die neue Makango-Grenze« veröffentlicht; er gab darin einen ausführlichen wissenschaftlichen Bericht über die Sitten des Tschaka-Stammes und protestierte zuletzt heftig gegen gewisse Eingriffe, die sich die Engländer und Deutschen in dieser Hinsicht erlaubten. Er saß mit gerunzelter Stirn vor dieser Zeitschrift, während seine Brillengläser im Lampenlicht glänzten, und schien nicht so sehr ärgerlich wie verdutzt zu sein, als Basil Grant mit schweren Schritten im Zimmer auf und ab stampfte und den Raum mit seiner lauten Stimme und seinem noch lauteren Lachen erfüllte.

»Meine Einwendungen gehen nicht gegen Ihre Meinungen, mein lieber Chadd«, sagte er, »sondern gegen Sie selbst. Sie haben ganz recht, wenn Sie für die Zulus eintreten, aber trotzdem sympathisieren Sie nicht mit ihnen. Zweifellos wissen Sie, wie die Zulus Tomaten kochen oder welches Gebet sie verrichten, bevor sie sich die Nase putzen, aber trotzdem verstehen Sie die Zulus nicht so gut wie ich, der ich keinen Assagai von einem Alligator unterscheiden kann. Sie sind ein größerer Gelehrter, Chadd, aber ich bin mehr Zulu. Wie kommt es nur, daß den braven alten Barbaren dieser Erde immer gerade von solchen Leuten die Stange gehalten wird, die in allem ihr Gegenteil sind? Wie kommt das nur? Sie sind ein kluger, ein wohlwollender, ein gebildeter Mensch, Chadd, aber ein Wilder sind Sie nicht. Geben Sie sich nicht länger dieser rosigen Illusion hin! Sehen Sie in den Spiegel! Fragen Sie Ihre Schwestern! Befragen Sie den Bibliothekar des Britischen Museums! Betrachten Sie diesen Regenschirm!« Er hielt diesen kläglichen, aber immer noch ehrenwerten Gegenstand empor. »Sehen Sie ihn an! Zehn Jahre haben Sie, soweit ich weiß, dieses Ding unter dem Arm getragen, und zweifellos haben Sie schon als Säugling mit ihm gespielt, und doch ist es Ihnen niemals eingefallen, einen wilden Kriegsruf auszustoßen und ihn als Wurfspieß zu gebrauchen – so . . .«

Und er ließ den Regenschirm über des Professors kahlen Kopf sausen, so daß er krachend gegen ein Büchergestell flog und eine Vase zu Scherben schlug.

Auf Chadd machte dies keinen Eindruck, er blickte noch immer mit demselben Stirnrunzeln in die Lampe hinein.

»Sie schießen immer ein wenig zu weit über das Ziel hinaus«, sagte er. »Und dann gehen Sie ohne Methode vor. Es ist durchaus keine Inkonsequenz« – man kann unmöglich begreiflich machen, wie lange er zum Aussprechen dieses Wortes brauchte –, »wenn man einerseits das Recht der Eingeborenen achtet, in dem von ihnen erreichten Entwicklungsstadium so lange zu verharren, wie es ihnen passend und zuträglich erscheint – es ist, sage ich, keine Inkonsequenz, wenn man einerseits diese Konzession macht und andererseits der Ansicht ist, daß die fragliche Entwicklungsstufe, soweit wir überhaupt bei den verschiedenartigen kosmischen Prozessen ein Werturteil fällen können, in gewissem Grade als eine niedere Entwicklungsstufe zu bezeichnen ist.«

Nur seine Lippen hatten sich bei diesen Worten bewegt, und seine Brillengläser leuchteten noch immer wie zwei bleiche Monde.

Grant schüttelte sich vor Lachen, als er ihn beobachtete.

»Gut«, sagte er, »eine Inkonsequenz ist nicht vorhanden, verehrter Spießgeselle, aber ein großer Temperamentsunterschied. Die Überzeugung, daß der Zulu auf einer niederen Entwicklungsstufe steht – was man auch nun darunter verstehen mag –, ist bei mir alles andere als fest zu nennen. Ich glaube nicht, daß es ein Zeichen von Dummheit oder Unwissenheit ist, wenn man den Mond anheult oder sich im Dunkeln vor Teufeln fürchtet. Das scheint mir sogar eine ziemlich hohe philosophische Entwicklungsstufe zu sein. Warum sollte man einen Mann für einen Idioten halten, weil er die geheimnisvolle Unerklärlichkeit und Gefährlichkeit des Daseins fühlt? Wenn wir nun, mein lieber Chadd, wenn wir nun die Idioten wären, weil wir uns im Dunkeln nicht vor Teufeln fürchten?«

Professor Chadd nahm ein beinernes Papiermesser zur Hand und schnitt mit der Ehrfurcht des Bibliophilen eine Seite auf.

»Zweifellos«, sagte er, »ist das eine haltbare Hypothese. Ich meine die von Ihnen, wenn ich recht verstanden habe, verfochtene Hypothese, daß unsere Kultur vielleicht gar kein Fortschritt oder sogar, wenn ich Ihre Worte richtig auslege, vielleicht oder bestimmt ein Rückschritt ist gegenüber denselben oder ähnlichen Entwicklungsstufen, wie sie die Zulus erreicht haben. Ich werde überdies sogar zugeben, daß eine solche Annahme, wenigstens in gewissem Maße, die Natur eines Axioms hat und daß sich ebensowenig darüber disputieren läßt wie etwa über die Grundannahme des Pessimismus oder die Hypothese von der Nichtexistenz der Materie. Aber Sie werden sich wohl nicht einbilden, bezüglich dieser Hypothese mehr bewiesen zu haben, als daß sie haltbar ist, was schließlich wenig mehr besagt als die Feststellung, daß sie keinen inneren Widerspruch enthält!«

Basil warf ihm ein Buch an den Kopf und zog eine Zigarre hervor.

»Sie haben kein Verständnis fürs Rauchen, aber zum Ausgleich haben Sie andererseits nichts dagegen einzuwenden. Weshalb Sie gegen diesen scheußlichen barbarischen Brauch keine Einwendungen erheben, kann ich mir nicht denken. Ich kann nur sagen, daß ich damit anfing, als ich anfing, ein Zulu zu werden, etwa mit zehn Jahren. Was ich behauptete, war dies: Obschon Sie von den Zulus eine tiefere wissenschaftliche Kenntnis haben, stehe doch ich den Zulus menschlich näher, weil ich auch ein Wilder bin. Zum Beispiel: Ihre Theorie über den Ursprung der Sprache und deren angebliche Entstehung aus geheimen Ausdruckszeichen eines einzelnen Menschen überzeugt mich, trotz der von Ihnen dafür beigebrachten Tatsachen und trotz all Ihrer Gelehrsamkeit, immer noch nicht, weil ich das Gefühl habe, daß solche Dinge anders vor sich gehen. Wenn Sie mich fragen, warum ich so denke, kann ich nur antworten, ›weil ich ein Zulu bin‹, und wenn Sie mich fragen (was Sie sicher tun werden), wie ich den Begriff Zulu definiere, so kann ich auch diese Frage beantworten. Ein Zulu ist ein Wesen, das mit sieben Jahren in Sussex auf einen Apfelbaum geklettert ist und sich in einem englischen Heckenweg vor einem Geist gefürchtet hat.«

»Ihre Gedankengänge ...«, begann der unerschütterliche Chadd, als er plötzlich unterbrochen wurde. Seine Schwester stieß gestreckten Armes mit der in solchen Familien immer in Schwestern konzentrierten Männlichkeit die Tür auf und sagte:

»James, Herr Bingham vom Britischen Museum möchte dich noch einmal sprechen.«

Der Philosoph erhob sich mit einem Ausdruck des Erstaunens, das bei solchen Männern immer darauf hindeutet, daß sie Philosophie als eine gewohnte Selbstverständlichkeit, das praktische Leben aber als eine unheimliche und entnervende Phantasterei betrachten, und verließ unwillig das Zimmer.

»Ich hoffe, Sie werden es mir nicht übelnehmen, wenn ich davon spreche, Fräulein Chadd«, sagte Basil Grant, »aber wie ich höre, will das Britische Museum einen um sein Vaterland hochverdienten Mann auszeichnen. Es stimmt doch, nicht wahr, daß Professor Chadd wahrscheinlich Kustos der asiatischen Manuskripte werden soll?«

Auf dem grimmigen Gesicht der Schwester zeigte sich ein heller Freudenschimmer, und sie antwortete nicht ohne Pathos: »Ich glaube, es stimmt. Und wenn es stimmt, so wird das nicht nur eine große Auszeichnung bedeuten, wofür Frauen bekanntlich sehr empfänglich sind, sondern vor allem auch eine große Erleichterung, wofür Frauen noch empfänglicher sind, eine Befreiung von allerlei unliebsamen Scherereien. James' Gesundheit war nie gut, und da wir so arm sind, mußte er sich als Journalist und Einpauker weiterhelfen, wozu noch seine eigenen schrecklich mühevollen Neigungen und Entdeckungen kommen, die er mehr liebt als alle Menschen. Ich habe oft befürchtet, er könnte, wenn nicht etwas Derartiges wie solche Berufung einträte, eines Tages den Verstand verlieren. Aber ich glaube, die Sache ist jetzt so gut wie abgemacht.«

»Das würde mich freuen«, sagte Basil mit etwas bedenklichem Gesicht, »aber diese bürokratischen Verhandlungen führen so selten zu einem Ergebnis, daß ich Ihnen nur raten kann, nicht zu sehr darauf zu bauen. Eine große Hoffnung würde dann durch eine ebenso große Enttäuschung abgelöst. So ist es schon vielen ergangen, die dem Ziel näher waren als Ihr Bruder. Wenn es natürlich stimmt . . .«

»Wenn es stimmt«, rief die Schwester, »so bedeutet das, daß Menschen, die niemals gelebt haben, vielleicht endlich einen Versuch dazu machen dürfen.«

Sie sprach noch, als der Professor wieder ins Zimmer kam – noch immer mit dem verwunderten Gesichtsausdruck.

»Stimmt es?« fragte Basil sofort.

»Keine Spur«, antwortete Chadd, nachdem er Basil einen Augenblick verdutzt angeblickt hatte. »Ihre Behauptung stimmt in drei Punkten nicht.«

»Was meinen Sie denn?« fragte Grant.

»Nun«, antwortete der Professor langsam, »wenn Sie sagen, Sie könnten eine Kenntnis vom Leben der Zulus besitzen, ohne . . .«

»Hol der Teufel das Leben der Zulus!« rief Grant lachend. »Ich meine, haben Sie den Posten bekommen?«

»Sie meinen den Posten als Kustos der asiatischen Manuskripte?« fragte er mit erstaunten großen Kinderaugen. »Ja, den habe ich bekommen. Aber der wirkliche Einwand gegen Ihre Behauptung, der mir, wie ich zugeben muß, erst draußen einfiel, ist dieser: Ihre Behauptung setzt nämlich nicht nur eine unabhängig von allen Tatsachen bestehende Zuluweisheit voraus, sondern zieht auch die Folgerung, daß die Entdeckung dieser Wahrheit durch die Tatsachen selbst absolut verhindert wird.«

»Ich bin zermalmt«, sagte Basil und setzte sich lachend nieder, während Chadds Schwester auf ihr Zimmer ging. Vielleicht lachte sie dort gleichfalls, vielleicht auch nicht.
Es war sehr spät, als wir die Chadds verließen, und von Shepherd's Bush nach Lambeth ist der Weg äußerst lang und ermüdend. Man mag es daher entschuldigen, wenn wir (denn ich war die Nacht über bei Grant geblieben) am nächsten Tage zu einer ganz verbotenen Zeit – kurz vor Mittag – zum Frühstück erschienen. Selbst zu dieser späten Stunde waren wir nicht einmal recht ausgeschlafen und munter. Grant besonders schien noch so benommen zu sein, daß er kaum den Haufen Briefe neben seinem Teller sah, und ich glaube, er würde keinen einzigen geöffnet haben, wenn nicht obenauf eines jener Dinge gelegen hätte, denen es trotz aller Nachlässigkeit und Sorglosigkeit der modernen Welt gelungen ist, seinen Anspruch auf Schnelligkeit und Dringlichkeit durchzusetzen: ein Telegramm. Er öffnete es mit der gleichen Zerstreutheit, mit der er sein Ei aufschlug und seinen Tee trank. Als er es las, rührte er sich nicht und sagte kein Wort, aber ich fühlte – wie und wodurch weiß ich nicht –, daß in dem bewegungslosen Körper plötzlich eine nervöse Spannung eintrat. Sie blieb äußerlich unbemerkbar; es war wie das Anziehen schlaffgewordener Saiten bei einer Gitarre. Obgleich er nichts sagte und sich nicht bewegte, fühlte ich doch, daß ihm zumute war, als wäre ihm ein Glas kalten Wassers über den Kopf geschüttet worden. Es war kaum eine Überraschung für mich, als er plötzlich seinen Stuhl wegstieß und in zwei Schritten zu mir herüberkam.
»Was sagst du dazu?« fragte er, indem er mir die geöffnete Depesche vor die Augen hielt.
Sie lautete: »Bitte sofort kommen, James' Geisteszustand gefährlich. Chadd.«
»Was soll das heißen?« sagte ich nach einer Pause gereizt. »Seine Schwestern haben uns doch die ganze Zeit gesagt, der arme alte Professor sei von frühester Jugend an verrückt gewesen.«
»Darum handelt es sich nicht«, sagte Grant ruhig. »Natürlich halten alle gescheiten Frauen alle wissenschaftlich tätigen Männer für verrückt. Man kann sogar sagen, alle nur möglichen Frauen halten alle nur möglichen Männer für verrückt. Aber sie schicken deshalb ebensowenig ein Telegramm, wie sie einem depeschieren, daß Gras grün oder Gott allbarmherzig ist. Das sind Binsenwahrheiten, oft dazu noch privater Natur. Wenn

Fräulein Chadd unter den Augen einer Postbeamtin niedergeschrieben hat, daß ihr Bruder nicht mehr recht bei Trost sei, so kannst du vollkommen überzeugt sein, es handelt sich hier um Leben und Tod, und sie hielt diese Nachricht für das beste Mittel, uns zu zwingen, so schnell wie möglich zu kommen.«

»Das Mittel wird natürlich wirken«, sagte ich lächelnd.

»Sicher. Gleich in der Nähe ist eine Droschkenhaltestelle.«

Basil sprach kaum ein Wort, als wir über die Westminster-Brücke, über den Trafalgar Square, Piccadilly entlang und die Uxbridge Street hinauf fuhren. Erst als er das Tor öffnete, sagte er:

»Du kannst dich darauf verlassen, mein Lieber, das ist einer der sonderbarsten, kompliziertesten und erstaunlichsten Fälle, die jemals in London oder in einer hochzivilisierten Gesellschaft passiert sind.«

»Bei aller Bereitwilligkeit, mich deinem höheren Intellekt zu unterwerfen, sehe ich das offen gestanden nicht ganz ein. Ist es ein so außergewöhnlicher und komplizierter Fall, wenn ein träumerischer, nachtwandelnder alter Invalide, der stets an den Grenzen des Unbegreiflichen herumgeschwankt ist, durch die von einer großen Freude hervorgerufene Erschütterung plötzlich verrückt wird? Ist es so erstaunlich, wenn ein Mann mit einem steckrübenweichen Kopf und einer spinnwebfeinen Seele sich einem plötzlichen Glücksumschwung nicht gewachsen zeigt? Kurz, ist es so erstaunlich, wenn James Chadd vor Aufregung den Verstand verloren hat?«

»Das wäre allerdings gar nicht außergewöhnlich«, antwortete Basil seelenruhig. »Es wäre gar nicht außergewöhnlich, wenn der Professor verrückt geworden wäre. Der außergewöhnliche Umstand, auf den ich anspielte, war etwas anderes.«

»Aber was denn nur?« rief ich, mit dem Fuß aufstampfend.

»Das Außergewöhnliche ist«, sagte Basil, indem er klingelte, »daß er nicht vor Aufregung verrückt geworden ist.«

In der Tür erschien die große eckige Gestalt des ältesten Fräulein Chadd. Die zwei anderen Schwestern schienen sich ebenfalls zu bemühen, den engen Flur und das kleine Wohnzimmer zu blockieren. Man hatte das Gefühl, daß sie einem das Blickfeld versperrten. Sie erschienen wie drei schwarzgekleidete Damen in einem der seltsamen Stücke Maeterlincks, wo sie nach Art des griechischen Chores den Zuschauern die Katastrophe verschleiern.

»Wollen Sie sich nicht erst setzen?« fragte die älteste mit einer vor Schmerz starren Stimme. »Ich glaube, es ist besser, wenn wir Ihnen zuerst erzählen, was passiert ist.«

Sie sprach, als wenn sie einen Vortrag memorierte, und blickte dabei traurig zum Fenster hinaus.

»Ich will alles in der Reihenfolge erzählen, wie es sich zugetragen hat. Ich räumte heute morgen den Frühstückstisch ab. Meine Schwestern fühlten sich beide nicht recht wohl und waren noch nicht unten. Mein Bruder war gerade aus dem Zimmer gegangen, um, glaube ich, ein Buch zu holen. Er kam jedoch ohne Buch wieder zurück und starrte eine Weile auf den leeren Kaminrost. ›Hast du etwas gesucht, was ich dir vielleicht holen könnte?‹ fragte ich ihn. Er gab keine Antwort, aber das kommt alle Tage vor, da er oft ganz in Gedanken versunken ist. Ich wiederholte meine Frage, aber er antwortete noch immer nicht. Manchmal ist er so weit weg bei seinen Zulus, daß man sich ihm nur bemerkbar machen kann, wenn man ihn an der Schulter faßt. Darum ging ich um den Tisch herum zu ihm hin. Ich weiß wirklich nicht, wie ich den eigentümlichen Eindruck, den ich dann hatte, beschreiben soll. Es hört sich so dumm an, was ich jetzt sagen werde, aber es erschien mir im ersten Augenblick als etwas Ungeheures, das einen ganz aus der Fassung bringen konnte. James stand nämlich auf einem Bein.«

Grant lächelte zaghaft und rieb sich die Hände, als wolle er so seine Besorgnis zeigen.

»Stand auf einem Bein?« wiederholte ich.

»Ja«, erwiderte die Schwester, ohne durch eine Hebung der Stimme anzuzeigen, daß sie die romantische Phantastik ihrer nüchternen Darlegung fühlte. »Er stand auf dem linken Bein und hielt das rechte im scharfen Winkel ausgestreckt, die Fußspitze zeigte dabei auf den Boden. Ich fragte ihn, ob ihm das Bein weh täte. Was war seine Antwort? Er zog das rechte Bein schnell an, als wenn er auf das linke zeigen wollte, blickte aber immer noch ernst auf den Kaminrost.

›James‹, rief ich, ›was fehlt dir?‹ Ich erschrak nämlich ernstlich. James stieß mit dem linken Bein in die Luft, drehte sich dann um und trat mit jedem Bein wieder dreimal aus. ›Bist du verrückt?‹ rief ich. ›Warum gibts du mir keine Antwort?‹ Er stand jetzt still und blickte mich wie immer mit hochgezogenen Augenbrauen durch seine großen Brillengläser an. Nach meiner Frage blieb er ein paar Sekunden ruhig, hob dann wie zur Antwort den linken Fuß langsam vom Boden und beschrieb mit ihm Kreise in der Luft. Ich stürzte zur Tür und rief Christina herbei. Ich will nicht bei den schrecklichen Stunden verweilen, die hierauf folgten. Wir bestürmten ihn alle drei. Tote wären auf solch flehende Bitten hin zum Leben erwacht, aber er stieß, hüpfte und tanzte nur und machte dazu ein feierlich ernstes Gesicht. Es war gerade so, als gehörten seine Beine einem anderen oder wären von Teufeln besessen. Seitdem hat er kein Wort mehr gesprochen.«

»Wo ist er jetzt?« fragte ich. Ich stand auf, ich konnte nicht mehr ruhig sitzen. »Wir sollten ihn nicht allein lassen.«

»Doktor Colman ist bei ihm«, sagte Fräulein Chadd ruhig. »Sie sind draußen im Garten, Doktor Colman dachte, die Luft würde ihm guttun. Und auf die Straße kann er wohl kaum gehen.«

Basil und ich traten rasch an das auf den Garten hinausgehende Fenster. Es war ein kleiner und sehr gepflegter Vorstadtgarten. Die Blumenbeete waren ein bißchen zu niedlich und wirkten wie das Muster eines bunten Teppichs, aber an diesem leuchtenden Sommertage hatten sie etwas von der Üppigkeit einer tropischen Vegetation an sich. In der Mitte eines hellgrünen, beinahe peinlich kreisrunden Rasenbeetes standen zwei Männer. Der eine war ein kleiner Herr mit schwarzem Bart, scharfblickenden Augen und sehr glänzendem Zylinder, der ganz ruhig und klar, aber doch mit nervösem Gesichtszucken auf den anderen einsprach. Und dieser andere war unser alter Freund, der mit ruhigem Gesicht und großen Augen dem Arzt zuhörte; das starke Sonnenlicht schien auf seine Brillengläser wie das Lampenlicht am Abend zuvor, als Basil ihn aus seiner beschaulichen Ruhe aufgeschreckt hatte. Nur etwas hatte sich an ihm verändert. Während sein Gesicht noch ebenso ruhig war, bewegte er die Beine so fleißig wie eine Puppe im Marionettentheater. Die lieblichen Blumen und der im Garten liegende Sonnenglanz ließen das unglaubliche Wunder erst richtig hervortreten, denn war es nicht ein Wunder, daß der Kopf eines Eremiten und die Beine eines Harlekins ein und derselben Person gehörten? Wunder sollten überhaupt immer bei hellem Tageslicht passieren. Die Nacht macht sie glaubhaft und daher gewöhnlich.

Die zweite Schwester, die nunmehr auch ins Zimmer gekommen war, trat etwas ängstlich ans Fenster.

»Du weißt doch, Adelaide«, sagte sie, »Herr Bingham vom Britischen Museum kommt um drei Uhr noch einmal.«

»Ich weiß«, erwiderte Adelaide Chadd bitter. »Wir werden ihm wohl alles sagen müssen. Wir haben nun einmal kein Glück.«

Grant drehte sich herum. »Was werden Sie Herrn Bingham sagen müssen?«
»Das wissen Sie ebenso gut wie ich. Glauben Sie, der Kustos der asiatischen Manuskripte dürfte sich derart aufführen?« Sie wies auf die Gestalt im Garten mit dem sonnenbeschienenen ruhigen Gesicht und den zappelnden Füßen hin.
Basil Grant zog plötzlich seine Uhr aus der Tasche. »Wann wird Herr Bingham kommen?« fragte er.
»Um drei Uhr.«
»Dann habe ich noch eine ganze Stunde Zeit«, sagte Grant, riß das Fenster auf und sprang in den Garten. Er ging nicht stracks auf den Arzt und den Irren zu, sondern nahte sich ihnen vorsichtig und doch scheinbar ganz zufällig auf einem kleinen Umweg. Er blieb etwa einen Meter entfernt vor ihnen stehen, nahm einige Münzen aus seiner Hosentasche und tat so, als ob er sie zählte, sah aber, wie ich beobachten konnte, unter seiner breiten Hutkrempe ständig nach den beiden hin.
Plötzlich trat er nahe an Professor Chadd heran und fragte in ungezwungenem Ton: »Nun, mein Bester, glauben Sie immer noch, die Zulus wären weniger wert als wir?«
Der Arzt kniff die Brauen zusammen und machte ein ängstliches Gesicht, er wollte anscheinend gerade den Mund auftun. Der Professor wandte Grant sehr freundlich seinen kahlen Kopf zu, gab aber keine Antwort, sondern wedelte nur mit seinem linken Fuß in der Luft herum.
»Haben Sie Herrn Dr. Colman zu Ihrer Ansicht bekehrt?« fuhr Basil in demselben Ton fort.
Chadd scharrte nur mit den Füßen und stieß etwas mit dem anderen Bein aus. Dabei sah er Basil noch immer wohlwollend und fragend an. Der Arzt machte der Unterredung ein Ende. »Sollen wir nun hineingehen, Herr Professor?« sagte er, »Sie haben mir jetzt den Garten gezeigt. Ein schöner Garten. Ein sehr schöner Garten. Lassen Sie uns nun ins Haus gehen.« Er versuchte den ausschlagenden Ethnologen am Ellbogen mit sich zu ziehen, während er gleichzeitig Grant zuflüsterte: »Ich muß Sie bitten, ihn nicht mit Fragen zu verwirren. Das ist sehr gefährlich. Man muß versuchen, ihn zu besänftigen.«
Basil gab in demselben Ton, mit großer Kühle, zur Antwort:
»Ihre Anweisungen müssen natürlich befolgt werden, Herr Doktor. Ich will mich bemühen, sie einzuhalten, aber ich hoffe, mich nicht in Widerspruch dagegen zu setzen, wenn ich Sie bitte, mich

eine Stunde lang mit meinem armen Freund hier im Garten allein zu lassen. Ich will ihn beobachten. Ich versichere Ihnen, Herr Doktor, daß ich sehr wenig zu ihm sagen werde und mein Einfluß sehr besänftigend auf ihn wirken wird.«

Der Arzt rieb nachdenklich sein Monokel.

»Es ist sehr gefährlich für ihn«, sagte er, »wenn er sich lange ohne Hut hier in der heißen Sonne aufhält, wo er noch dazu einen kahlen Kopf hat.«

»Dem ist leicht abgeholfen«, sagte Basil ruhig, nahm seinen eigenen großen Hut ab und stülpte ihn auf den eiförmigen Schädel des Professors. Dieser drehte sich nicht einmal um, sondern tanzte weiter, die Augen auf den Horizont geheftet.

Der Arzt klemmte sein Monokel wieder ein, sah mit vogelartig zur Seite geneigtem Kopf die beiden einige Sekunden lang scharf an, sagte dann kurz »Gut!« und schritt ins Haus. Die drei Schwestern Chadd schauten alle aus dem Wohnzimmerfenster in den Garten. Mit hungrigen Augen blickten sie eine ganze Stunde lang hinaus, und sie sahen ein Bild, das noch toller war als hochgradige Verrücktheit.

Basil Grant richtete einige Fragen an den Irren, die aber nur den einen Erfolg hatten, daß dieser weiter wie ein Böckchen umhersprang; dann nahm Basil langsam aus einer seiner Taschen ein Notizbuch und aus einer anderen einen großen Bleistift.

Er begann, eilige Aufzeichnungen niederzukritzeln. Wenn der Irrsinnige von ihm wegsprang, eilte er ihm ein paar Meter nach, blieb stehen und fing wieder an zu schreiben. So jagten sie sich ständig um das närrisch runde Rasenbeet herum, der eine mit dem Bleistift in der Hand und mit dem Gesicht eines Denkers, der ein schwieriges Problem löst, der andere springend und spielend wie ein Kind.

Als dieses tolle Spiel etwa dreiviertel Stunden gedauert hatte, steckte Basil den Bleistift in die Tasche, behielt jedoch das Notizbuch offen in der Hand, schritt um den tollen Professor herum und pflanzte sich direkt vor ihm auf.

Dann ereignete sich etwas, das selbst die an die tollen Vorgänge dieses wilden Morgens bereits gewöhnten Zuschauer sich nicht hätten träumen lassen. Der Professor starrte mit gutmütiger Verdutztheit den vor ihm stehenden Basil einige Sekunden lang an, zog dann sein linkes Bein hoch und nahm dieselbe Stellung ein, die seiner Schwester zuerst als seltsam aufgefallen war. Sogleich hob auch Basil Grant ein Bein, streckte es geradeaus

und hielt Chadd seine Fußsohle hin. Der Professor trat mit seinem linken Bein wieder auf, legte sein ganzes Gewicht auf dieses Bein und stieß mit dem anderen wie ein Schwimmer nach hinten aus. Basil stellte seine Beine nach Art eines Andreaskreuzes übereinander und löste diese Stellung wieder in einem Luftsprung. Dann führten beide plötzlich einen wilden Tanz voreinander auf.
Sie waren in ihrer Raserei so blind und taub, daß sie gar nicht sahen, wie Chadds älteste Schwester, gefolgt von einem Herrn, mit flehender Gebärde auf sie zustürzte. Professor Chadd übte sich gerade in den wildesten Stellungen eines Negertanzes, während Basil Grant anscheinend dabei war, einen Purzelbaum zu schlagen. Mitten in ihrer Tollheit brachte sie die eisige Stimme von Adelaide Chadd plötzlich zum Erstarren. »Herr Bingham vom Britischen Museum«, verkündete Adelaide.
Herr Bingham war ein schlanker, gutgekleideter Herr mit einem leicht weibisch wirkenden grauen Spitzbart, untadeligen Handschuhen und sehr korrektem, aber gefälligem Benehmen. Er war der Typus des feingeschliffenen Pedanten, während Professor Chadd den Typus des ungeschliffenen Pedanten darstellte. Seine Korrektheit und Gefälligkeit waren ihm unter den obwaltenden Umständen hoch anzurechnen. Er kannte eine ungeheure Menge Bücher und war auch in modernen literarischen Salons kein Neuling, aber ein solches Schauspiel war ihm denn doch noch nicht vorgekommen. Zwei grauhaarige, in Straßenanzüge, nicht etwa in Trikots gekleidete Herren führten als Ersatz für ein Mittagsschläfchen Akrobatenkunststücke auf.
Der Professor trieb seine Possen mit vollkommener Seelenruhe weiter, aber Grant hielt plötzlich ein. Der Arzt war wieder auf der Szene erschienen, und seine glänzenden schwarzen Augen wanderten unter seinem glänzenden schwarzen Hut ruhelos vom einen zum anderen.
»Herr Doktor«, sagte Basil, »wollen Sie Herrn Professor Chadd wieder ein bißchen Gesellschaft leisten? Ich glaube sicher, er braucht Sie. Herr Bingham, dürfte ich Sie vielleicht um eine kurze Aussprache unter vier Augen bitten? Mein Name ist Grant.«
Herr Bingham vom Britischen Museum verbeugte sich respektvoll, aber doch auch ein bißchen verwundert.
»Fräulein Chadd wird verzeihen, wenn ich Sie selbst ins Haus führe.« Und damit führte Basil den verdutzten Bibliothekar durch die Gartentür ins Wohnzimmer.

»Fräulein Chadd«, sagte Basil, indem er Herrn Bingham einen Stuhl hinrückte, »wird Ihnen wohl von diesem traurigen Ereignis erzählt haben.«
»Das hat sie, Herr Grant«, sagte Bingham und blickte mit einer Art nervösen Mitleids auf den Tisch. »Dieses schreckliche Unglück ist mir schmerzlicher, als ich sagen kann. Es ist einfach fürchterlich, daß diese Sache gerade jetzt passieren muß, wo wir uns entschlossen haben, Ihrem erlauchten Freund eine weit hinter seinen Verdiensten zurückbleibende Position zu verschaffen. So wie die Dinge freilich jetzt liegen ..., wirklich, ich weiß nicht, was ich sagen soll. Professor Chadd kann natürlich – ich hoffe das sogar aufrichtig – seine außerordentlich wertvollen Geisteskräfte wiedererlangen. Aber ich fürchte, ich fürchte wirklich, es ist nicht angängig, wenn der Kustos der asiatischen Manuskripte ... hm ... wie soll ich sagen? – Tänze aufführt.«
»Ich habe Ihnen einen Vorschlag zu machen«, sagte Basil, ließ sich auf seinen Stuhl fallen und schob diesen näher an den Tisch heran.
»Er wird mich sehr interessieren«, sagte der Herr vom Britischen Museum, hustete und zog ebenfalls seinen Stuhl näher an den Tisch heran.
Man hörte, während Basil sich räusperte und seine Worte überlegte, ein paar Sekunden das Ticken der Uhr auf dem Kaminsims.
»Mein Vorschlag ist folgender«, sagte er dann. »Ich weiß nicht, ob man ihn im eigentlichen Wortsinn als Kompromiß bezeichnen kann, doch hat er etwas von einem Kompromiß an sich. Mein Vorschlag ist, daß die Regierung, die sich, wie ich annehme, Ihres Museums als Vermittler bedienen wird, an Professor Chadd jährlich achthundert Pfund zahlt, bis er zu tanzen aufhört.«
»Achthundert jährlich!« rief Herr Bingham aus und hob zum ersten Mal seine sanften blauen Augen zu denen seines Gegenübers empor – und in den sanften blauen Augen stand ein sanftes blaues Erstaunen. »Ich glaube, ich habe Sie nicht ganz verstanden. Soll ich Ihren Vorschlag dahin verstehen, daß wir Herrn Professor Chadd in seinem jetzigen Zustand für achthundert Pfund jährlich in der Abteilung für asiatische Manuskripte beschäftigen sollen?«
Grant schüttelte energisch den Kopf.
»Nein«, sagte er, »o nein. Chadd ist mein Freund, und ich würde alles mögliche zu seinen Gunsten vorbringen, aber ich sage nicht,

ich kann nicht sagen, daß Sie ihn in die Abteilung für asiatische Manuskripte setzen sollen. So weit gehe ich nicht. Ich sage nur, daß Sie ihm achthundert Pfund zahlen sollen, bis er aufhört zu tanzen. Sie haben sicherlich einen allgemeinen Fonds zur Unterstützung wissenschaftlicher Untersuchungen.«

Herr Bingham blickte immer verdutzter.

»Ich weiß wirklich nicht«, sagte er blinzelnd, »was Sie sagen wollen. Verlangen Sie von uns, daß wir einem offenbar Irren eine lebenslängliche jährliche Rente von fast tausend Pfund zahlen?«

»Durchaus nicht!« rief Basil mit der kühnen Sicherheit eines Mannes, der eine falsche Behauptung abwehrt. »Ich habe niemals von lebenslänglichen Zuwendungen gesprochen. Ganz und gar nicht.«

»Wie lange soll diese Zuwendung denn dauern?« fragte der sanfte Bingham, der offenbar eine Neigung unterdrückte, sich sanft durchs Haar zu fahren. »Noch über seinen Tod hinaus? Bis zum Jüngsten Tage?«

»Nein«, sagte Basil siegesgewiß, »sondern genau so lange, wie ich gesagt habe. Bis er aufhört zu tanzen.« Er lehnte sich befriedigt zurück, die Hände in den Taschen.

Bingham hatte nunmehr seine Augen scharf auf Basil Grant geheftet und ließ sie nicht mehr von ihm ab.

»Aber, Herr Grant«, sagte er. »Wollen Sie mir allen Ernstes den Vorschlag machen, daß die Regierung an Professor Chadd ein außerordentlich hohes Gehalt zahlen soll allein aus dem Grunde, weil er, verzeihen Sie den Ausdruck, verrückt geworden ist? Daß man ihm mehr zahlen soll, als vier gute Kräfte zusammen bekommen, nur weil er da im Garten mit seinen Stiefeln in der Luft herumstrampelt?«

»Jawohl«, sagte Grant seelenruhig.

»Daß diese lächerliche Zahlung so lange erfolgen soll, wie dieses närrische Tanzen anhält, und aufhören soll, wenn das Tanzen aufhört?«

»Irgendwo und irgendwann muß man aufhören. Natürlich.«

Bingham stand auf und griff nach Stock und Handschuhen.

»Es wäre schade, wenn wir noch weitere Worte verlören, Herr Grant«, sagte er kühl. »Wenn das, was Sie mir zu erklären versuchen, ein Witz sein soll, so ist der Witz nicht gerade gut. Wenn es aber Ihre aufrichtige Meinung ist, so verzeihen Sie, daß ich es für einen Witz gehalten habe. Aber in keinem Fall könnte mich die Sache amtlich interessieren. Der geistige Zusammenbruch Chadds ist mir derart schmerzlich, daß ich nicht gern davon sprechen mag. Aber es ist klar, alles hat eine Grenze. Und wenn der Erzengel Gabriel verrückt würde, so müßte die Bibliothek des Britischen Museums, wie ich leider sagen muß, die Beziehungen zu ihm abbrechen, und wären sie noch so herzlicher Natur.«

Er ging zur Tür, aber Grant hielt ihn mit einer dramatischen Handbewegung auf.

»Halt!« rief Basil. »Halt, solange es noch Zeit ist. Wollen Sie an einem großen Werk mithelfen, Herr Bingham? Wollen Sie zum Ruhme Europas, zum Ruhme der Wissenschaft beitragen? Wollen Sie Ihr Haupt, selbst wenn es kahl oder weißhaarig ist, noch stolz emporheben, weil Sie bei einer großen Entdeckung eine große Rolle gespielt haben? Wollen Sie . . .«

»Und wenn ich das will, Herr Grant?« fragte Herr Bingham gereizt.

»Dann ist Ihre Aufgabe leicht. Verschaffen Sie Chadd achthundert Pfund jährlich, bis er aufhört zu tanzen.«

Bingham schlug sich die Handschuhe auf die Finger und ging ungeduldig zur Tür, aber beim Hinausgehen stieß er auf Dr. Colman.

»Verzeihen Sie, meine Herren«, sagte der Arzt vertraulich und nervös, »aber es wird Sie interessieren, Herr Grant: ich habe nämlich bei Herrn Chadd eine höchst eigenartige Entdeckung gemacht.«

Bingham sah ihn gespannt an.

»Ich dachte es mir«, sagte er. »Er trinkt, nicht wahr?«

»Trinkt!« echote Colman, als wenn die Trunksucht im Vergleich zu seiner Entdeckung eine ganz harmlose Sache wäre. »O nein, das ist es nicht.«

Herr Bingham wurde etwas aufgeregt und fragte schnell: »Verfolgungswahnsinn . . ., Mordgedanken . . .«

»Nein, nein«, sagte der Arzt ungeduldig.

»Glaubt er, er sei aus Glas gemacht? Oder hält er sich für Gott? Oder . . .«

»Nein!« protestierte Dr. Colman. »Meine Entdeckung, Herr Grant, ist ganz anderer Art. Das Fürchterliche bei ihm ist . . .«

»Aber so sagen Sie's doch endlich!« rief Bingham verzweifelt.

»Das fürchterliche bei ihm ist«, wiederholte Dr. Colman feierlich langsam, »daß er gar nicht verrückt ist.«

»Nicht verrückt?«

»Bei Irren sind gewisse körperliche Reaktionen vorhanden, die sich leicht feststellen lassen. Chadd ist gänzlich frei von ihnen.«
»Aber warum tanzt er?« rief Bingham. »Warum antwortet er uns nicht? Warum spricht er nicht einmal mit seinen Schwestern?«
»Das mag der Teufel wissen«, sagte Colman kühl. »Ich werde dafür bezahlt, Irre zu beurteilen, keine Narren. Chadd ist vielleicht ein Narr, aber verrückt ist er nicht.«
»Wie ist sein Benehmen dann nur zu erklären?« fragte Herr Bingham. »Können wir ihn denn nicht dazu bringen, uns anzuhören? Kann denn niemand irgendwie in Verbindung mit ihm treten?«
Da sagte Grant plötzlich mit seiner klaren Stimme:
»Es wird mir großes Vergnügen machen, ihm jede beliebige Nachricht, die Sie ihm senden wollen, zu übermitteln.«
Beide Männer sahen ihn verwundert an und riefen wie aus einem Munde:
»Ihm eine Nachricht übermitteln? Wie wollen Sie das denn fertigbringen?«
Basil lächelte bedächtig.
»Wenn Sie wirklich wissen wollen, wie ich das fertigbringe ...«, begann er, aber Bingham, der ganz aus dem Häuschen war, rief, sich ereifernd, dazwischen:
»Natürlich, natürlich!«
»Gut«, sagte Basil, »so.« Und er sprang plötzlich hoch, dröhnte mit den Stiefeln auf den Boden und stand auf einem Bein.
Die Wirkung seines feierlichen ernsten Gesichts wurde etwas durch die Tatsache beeinträchtigt, daß er mit seinem Fuß wirre Kreise in der Luft beschrieb.
»Sie treiben mich dazu«, sagte er. »Sie treiben mich dazu, meinen Freund zu verraten. Und um seinetwillen werde ich ihn verraten.«
Bingham machte eine besonders betrübte Miene, als erwartete er eine peinliche Enthüllung.
Basil setzte seinen Fuß so heftig nieder, daß die beiden aus ihrer ängstlichen Haltung um einen Kopf höher schnellten.
»Ihr Idioten!« rief er. »Habt ihr euch den Mann jemals angesehen? Haben Sie, Herr Bingham, James Chadd mit seinen nutzlosen Büchern und seinem entsetzlichen Regenschirm zwischen seinem armseligen Häuschen und Ihrer elenden Bibliothek hin und her wandeln sehen, und ist es Ihnen niemals aufgefallen, daß er die Augen eines Fanatikers hat? Haben Sie niemals

bemerkt, daß dies aus einem schäbigen alten Kragen hervorlugende, hinter großen Brillengläsern verborgene Gesicht einem Mann gehört, der imstande gewesen wäre, Ketzer zu verbrennen oder für den Stein der Weisen sein Leben zu lassen? Die Schuld an allem liegt bei mir: Ich habe das Dynamit seiner fanatischen Inbrunst zur Entzündung gebracht. Ich habe seine berühmte Theorie über die Entstehung der Sprache angegriffen – die Theorie, nach der die Sprache in gewissen Menschen fertig vorlag und von andern durch Beobachtung einfach übernommen wurde. Ich habe ihm auch vorgeworfen, daß er zwar ein großer Theoretiker, aber ein schlechter Praktiker sei. Was hat dieser Fanatiker getan? Er hat mir eine Lektion erteilt. Er hat ein eigenes Sprachsystem ausgearbeitet – es würde zu lange dauern, es zu erklären –, er hat, sage ich, eine eigene Sprache erfunden und hat sich geschworen, daß er, bis die Leute sie verstehen, bis er sich uns in dieser Sprache verständlich machen kann, in keiner anderen mehr sprechen wird. Und er wird den Schwur halten. Ich habe ihn durch genaue Beobachtung verstanden, und, zum Teufel noch mal, auch die anderen sollen ihn verstehen lernen. Dieses Experiment soll nicht gleich im Anfang abgebrochen werden, er soll es zu Ende führen. Irgendwoher soll er jährlich achthundert Pfund bekommen, bis er aufhört zu tanzen. Eine Unterbrechung im jetzigen Stadium wäre eine Versündigung gegen eine große Idee und käme einem Religionskrieg gleich.«

Herr Bingham gab ihm herzlich die Hand.

»Ich danke Ihnen, Herr Grant«, sagte er. »Ich hoffe, es wird mir gelingen, die achthundert Pfund irgendwo aufzutreiben, und es wird mir sogar ein Vergnügen sein, die Summe zu vermitteln. Darf ich Ihnen meinen Wagen anbieten?«

»Ich danke Ihnen vielmals, Herr Bingham«, sagte Grant, »aber ich bleibe noch hier, ich will draußen im Garten mit dem Professor noch ein Plauderstündchen halten.«

Die Unterhaltung zwischen Chadd und Grant schien äußerst herzlich zu sein. Als ich ging, tanzten sie immer noch.

DAS EINGEZOGENE LEBEN DER ALTEN DAME

Die Unterhaltung mit Rupert Grant war aus zwei Gründen so interessant – erstens wegen der seltsamen Sprünge seiner Detektivphantasie, zweitens wegen seines aufrichtigen Interesses am Londoner Leben. Sein Bruder Basil sagte von ihm: »Seine Überlegungen sind außerordentlich kühl und klar und leiten ihn immer auf die falsche Spur. Aber dann greift plötzlich seine Romantik ein und führt ihn auf den richtigen Weg.« Ob dies bei Rupert immer zutraf, mag zweifelhaft sein, eine Geschichte jedoch, die ich mit ihm erlebt habe und die des Erzählens wert ist, könnte für die Wahrheit dieses Wortes sprechen.

Wir gingen zusammen eine einsame Straße in Brompton entlang. Die Straße war von einem hellblauen Zwielicht erfüllt, das im Sommer etwa gegen halb neun Uhr eintritt und zuerst nicht ein Vorbote der hereinbrechenden Dunkelheit zu sein scheint, sondern die Ausstrahlung einer neuen Lichtquelle, als würde die Erde plötzlich von einer Saphirsonne beleuchtet. In dem kalten Blau flammte bereits das warme Gelb der Lampen auf. Während ich mit Rupert, der aufgeregt auf mich einsprach, langsam dahinbummelte, sprangen die bleichen Funken einer nach dem anderen in der Dämmerung auf. Rupert versuchte mir seine neunhundertneunundneunzigste Theorie zu beweisen. Er stellte als Detektiv nämlich gern Theorien auf und lief, das Hirn mit toller Logik vollgestopft, in London herum, erblickte in einem Straßenunfall eine Verschwörung und sah in einer fallenden Rußflocke einen Fingerzeig vom Himmel. Augenblicklich richtete sich sein Verdacht auf einen vor uns hergehenden unglücklichen Milchmann. Die Ereignisse, in die wir bald darauf verwickelt wurden, waren so haarsträubend, daß ich ganz vergessen habe, was für ein Verbrechen der Milchmann eigentlich begangen haben sollte. Ich glaube, es hatte etwas mit der Tatsache zu tun, daß er nur eine kleine Milchkanne trug, den Deckel nicht fest geschlossen hatte und infolge seines schnellen Gehens Milch auf das Pflaster verschüttete. Dies zeigte, daß er nicht an seine leichte

Last dachte, und dies wieder, daß das Austragen nicht der Hauptzweck seines Ganges war, und dies wies (in Verbindung mit verdächtigen schmutzigen Schuhen) auf etwas anderes hin, das ich ganz und gar vergessen habe. Ich fürchte, ich machte mich über diese bis in die kleinsten Einzelheiten gehende Enthüllung unbarmherzig lustig, und ich fürchte auch, Rupert Grant, der, obgleich der umgänglichste Mensch, ziemlich viel von der Reizbarkeit des künstlerischen Temperaments an sich hatte, nahm mir meinen Spott etwas übel. Er bemühte sich, mit jener Ruhe, die er bei seinem Beruf für unerläßlich hielt, einen Zug aus seiner Zigarre zu tun, aber ich glaube, er biß die Zigarre fast durch.
»Ich wette einen Taler«, sagte er bissig, »daß ich am Endziel dieses Milchmannes etwas Sonderbares herausfinden werde.«
»Die Gefahr, diese Wette zu verlieren, kann ich noch auf mich nehmen«, sagte ich lachend.
»Abgemacht.«
Wir gingen eine Viertelstunde schweigend den Spuren des geheimnisvollen Milchmannes nach. Er ging schneller und schneller, und wir hatten ziemliche Mühe, ihm auf den Fersen zu bleiben. Die Tropfen Milch, die er ab und zu verlor, glitzerten im Lampenlicht wie Silber. Plötzlich, wir sahen ihn gerade noch im letzten Augenblick, stieg er schnell die Treppe zum Kellergeschoß eines Hauses hinunter. Ich glaube, Rupert hielt den Milchmann wirklich für eine Spukerscheinung, einen Augenblick schien er sich mit der Annahme abzufinden, daß dieser sich in Luft aufgelöst hatte. Dann rief er mir etwas zu, das ich nicht recht faßte, und tauchte hinter dem geheimnisvollen Milchmann die Treppe hinab.
Ich wartete, in der einsamen Straße gegen einen Laternenpfahl gelehnt, mindestens fünf Minuten lang. Dann kam der Milchmann ohne seine Kanne wieder die Stufen herauf und klapperte eilig die Straße hinunter. Es vergingen noch zwei oder drei Minuten, und dann kam auch Rupert wieder nach oben mit zwar bleichem, aber doch lachendem Gesicht, ein bei ihm nicht ungewöhnlicher Gegensatz, der auf heftige Erregung deutete.
»Ja, mein Freund«, sagte er, sich die Hände reibend, »so geht es einem mit dem Skeptizismus. So geht es einem, wenn man in spießiger Verblödung die Möglichkeiten einer romantischen Stadt nicht sieht. Ein Taler ist die Form, mein Lieber, in der Ihre prosaische Natur nach einem Ausdruck suchen wird.«
»Wie?« fragte ich ungläubig, »wollen Sie sagen, daß Sie im

Zusammenhang mit dem Milchmann wirklich etwas Merkwürdiges entdeckt haben?«
Seine Siegesgewißheit schwand.
»Ach, der Milchmann«, sagte er und tat so, als wenn er mich mißverstanden hätte. »Nein, ein Zusammenhang mit dem Milchmann war bis jetzt nicht festzustellen, aber –«
»Was sagte oder tat der Milchmann denn?« fragte ich mit unerbittlicher Strenge.
»Nun, wenn ich die Wahrheit sagen soll« – er trat unruhig von einem Fuß auf den anderen –, »der Milchmann sagte und tat, soweit man sich auf seinen Gehör- und Gesichtssinn verlassen kann, nur folgendes: Er sagte: ›Die Milch, Fräulein‹, und reichte die Kanne hinein. Damit ist natürlich nicht gesagt, daß er kein geheimes Zeichen machte oder sonst . . .«
Ich lachte laut auf. »Warum betrügen Sie sich nur selbst? Warum gestehen Sie nicht gleich ein, daß Sie die Wette verloren haben? Warum sollte denn gerade der Milchmann ein geheimes Zeichen machen? Sie geben zu, daß er nichts sagte und nichts tat, was der Erwähnung wert ist. Das geben Sie doch zu, nicht wahr?«
Sein Gesicht wurde ernst.
»Da Sie mich fragen, muß ich es zugeben. Es ist jedoch möglich, daß der Milchmann sich nur nicht verraten hat. Es ist sogar möglich, daß ich mich geirrt habe.«
»Also dann kommen Sie mit und vergessen Sie nicht, daß Sie mir einen Taler schulden.«
»Darüber bin ich anderer Meinung«, sagte Rupert kühl. »Die Worte des Milchmannes mögen ganz harmlos gewesen sein. Vielleicht ist sogar der Milchmann selbst unschuldig. Aber meine Wette habe ich nicht verloren. Denn die Bedingung war doch, daß ich am Endziel des Milchmannes etwas Sonderbares herausfinden würde.«
»Und?«
»Und ich habe wirklich etwas Sonderbares entdeckt. Kommen Sie nur mit!« Und bevor ich ein Wort sagen konnte, hatte er mir den Rücken zugedreht und stieg wieder zum Kellergeschoß hinab. Mir blieb nichts übrig, als ihm zu folgen.
Als ich drunten war, fühlte ich mich buchstäblich in einer Narrenfalle. Es war nichts zu sehen als eine verschlossene Tür, geschlossene Fensterläden, die Treppe, die wir heruntergekommen waren, der lächerliche Hohlraum, in dem wir steckten, und der lächerliche Mann, der mich hierhergebracht hatte und mit

fiebrigen Augen dastand. Ich wollte ihm gerade den Rücken kehren, als er mich am Arm packte.

»Hören Sie nur«, sagte er, hielt mich mit der rechten Hand am Mantel fest und klopfte mit der linken an die geschlossenen Fensterläden. Er trug eine solche Sicherheit zur Schau, daß ich stehenblieb und sogar einen Augenblick meinen Kopf gegen das Fenster neigte. Von drinnen her hörte man unmißverständlich den Ton einer menschlichen Stimme.

»Haben Sie schon mit jemandem im Hause gesprochen?« fragte ich.

»Nein, noch nicht«, erwiderte er mit grimmigem Lächeln, »aber ich hätte große Lust dazu. Wissen Sie, was die Person da drinnen sagt?«

»Nein, natürlich nicht.«

»Dann empfehle ich Ihnen, mal scharf zu lauschen.«

In der abendlichen Stille der vornehmen Straße legte ich mein Ohr an den Fensterladen. Hinter dem hölzernen Laden, der von einem langen schmalen Riß durchzogen wurde, drangen Stöhnlaute hervor: »Wann werde ich herauskommen? Wann werde ich herauskommen? Wird man mich jemals herauslassen?«

»Haben Sie eine Ahnung, was hier vorgeht?« fragte ich Rupert.

»Vielleicht halten Sie mich für den Verbrecher«, sagte er spöttisch, »obwohl ich doch nur ein ganz bescheidener Detektiv bin. Vor einigen Minuten habe ich hier zum ersten Mal gestanden, nachdem ich Ihnen gesagt hatte, daß ich hier etwas Sonderbares entdecken würde, und ich hörte die Frau hinter den Läden – denn offenbar ist die Person eine Frau – ganz kläglich jammern. Weiter weiß ich gar nichts von der Sache und kenne auch die Frau nicht. So erstaunlich das sein mag, ist sie weder meine enterbte Tochter, noch gehört sie zu meinem geheimen Harem. Aber wenn ich einen Menschen jammern höre, daß er nicht herauskommen kann, höre, wie er mit sich selbst spricht und mit den Fäusten gegen die Läden trommelt, wie vor ein paar Minuten, so halte ich das für erwähnenswert, das ist alles.«

»Ich bitte vielmals um Entschuldigung«, sagte ich, »aber jetzt ist keine Zeit zum Argumentieren. Was ist zu tun?«

In Rupert Grants Hand glitzerte die nackte Klinge eines langen Taschenmessers.

»Zuerst einmal Einbruch.«

Er zwängte die Klinge in den Holzspalt und brach einen großen Sparren heraus, so daß sich eine Lücke bildete und man die dunkle Fensterscheibe sehen konnte. Das Zimmer war gänzlich unbeleuchtet, so daß die Scheibe in den ersten Sekunden schwarz war wie ein Stück Schiefer. Dann sahen wir etwas, das uns, obgleich es nicht plötzlich in Erscheinung trat, mit verhaltenem Atem zurücktreten ließ. Zwei große dunkle Menschenaugen waren so nahe vor uns, daß das Fenster selbst plötzlich eine Maske zu sein schien. Ein bleiches Gesicht preßte sich von drinnen her gegen das Glas, und mit zunehmender Deutlichkeit hörte man nach Erweiterung der Öffnung die Worte:

»Wann werde ich herauskommen?«

»Was kann das nur bedeuten?« sagte ich.

Rupert antwortete nicht, sondern nahm seinen Stock zur Hand und setzte dessen eiserne Spitze auf das Glas und bohrte ein Loch in die Scheibe, kleiner und abgerundeter, als ich es für möglich gehalten hätte. Sofort sprudelte sozusagen die klagende Stimme klar aus dem Loch hervor.

»Hat man Sie eingesperrt, gnädige Frau?« fragte ich, indem ich mich etwas zaghaft dem Loch näherte.

»Eingesperrt, ja«, klagte das unbekannte Wesen bitterlich. »Man will mich nicht herauslassen. Ich habe sie gewarnt. Ich habe ihnen gesagt, ich würde die Polizei rufen. Aber es hat alles keinen Zweck. Niemand weiß von mir, niemand kommt. Sie können mich so lange behalten, wie es ihnen paßt . . .«

Ich wollte gerade in der Absicht, dieses Geheimnis sofort aufzuklären, mit meinem Stock das Fenster zertrümmern, als Rupert meinen Arm festhielt, aber sonderbar geheimnisvoll und ruhig, als wollte er mir zwar Einhalt gebieten, aber dabei nicht beobachtet werden. Ich zögerte und drehte mich dabei leicht herum, so daß ich gegen die Stützmauer der Vortreppe sah. Und nun erstarrte ich plötzlich ebenso wie Rupert, denn eine Gestalt, die fast ebenso regungslos war wie die Säulen des Portikus, deren menschliche Umrisse jedoch nicht zu verkennen waren, hatte den Kopf aus der Tür gesteckt und blickte zum Kellergeschoß hinab. Der Kopf befand sich gerade vor einer Straßenlaterne, so daß man gar nichts von seinem Gesicht sah, wir fühlten jedoch, daß der Mann uns beobachtete. Ich muß sagen, ich fand Ruperts Ruhe bewundernswert. Er drückte auf die Klingel und sprang mitten in eine leichte Unterhaltung hinein, die gar keinen Anfang gehabt hatte. Die schwarze Gestalt im Portikus bewegte sich noch immer nicht, und ich war fast geneigt, sie für eine Statue zu halten. Im nächsten Augenblick war der kleine Vorplatz vor dem

Kellergeschoß taghell, da eine kleine, ehrbare Magd die Tür öffnete und neugierig heraussah.

»Entschuldigen Sie«, sagte Rupert in einem Ton, wie ihn etwa ein freundlicher Küster anschlägt, »aber wir dachten, ob Sie nicht vielleicht ein Scherflein für die armen Kinder geben würden. Die Sammlung . . .«

»Hier wird nicht gesammelt«, rief die Magd mit der unvergleichlichen Härte einer bei hartherzigen Herrschaften beschäftigten hartherzigen Person und schlug die Tür zu.

»Traurig, sehr traurig, die Gleichgültigkeit dieser Leute«, sagte der weichherzige Rupert würdevoll, als wir die Treppe hinaufstiegen. Während wir hinaufgingen, verschwand die regungslose Gestalt im Portikus plötzlich.

»Nun, was halten Sie davon?« fragte Rupert, als wir auf die Straße kamen.

Ich gebe offen zu, daß ich ernstlich bestürzt war. In solcher Verfassung hatte ich nur einen Gedanken.

»Glauben Sie nicht«, fragte ich etwas befangen, »daß es besser wäre, Ihren Bruder zu benachrichtigen?«

»Oh, wenn Sie wollen«, sagte Rupert herablassend. »Er ist gleich hier in der Nähe, wir haben uns nämlich verabredet, uns am Bahnhof Gloucester Street zu treffen. Sollen wir fahren? Vielleicht würde ihn die Sache interessieren.«

Der Bahnhof Gloucester Street sah merkwürdig verödet aus. Nach einigem Suchen entdeckten wir Basil Grant vor dem Fahrkartenschalter, den er mit seinem Kopf und seinem großen hellen Hut blockierte. Ich dachte zuerst, er wolle sich eine Fahrkarte lösen, wunderte mich aber, daß er so erstaunlich lange dazu brauchte. In Wirklichkeit diskutierte er mit dem Schalterbeamten über Religion und hatte in seiner Aufregung beinahe seinen Kopf durch das Schalterfenster gesteckt. Als wir ihn vom Schalter weggezogen hatten, sprach er noch einige Zeit von nichts anderem als von dem immer stärkeren Eindringen eines orientalischen Fatalismus in das moderne Denken, wovon er durch einige geistreiche, aber sophistische Bemerkungen des Beamten eine neue Probe erhalten hatte. Schließlich brachten wir ihm mit vieler Mühe bei, daß wir ihm eine erstaunliche Entdeckung zu machen hätten. Als ihm dies endlich aufging, hörte er sehr aufmerksam zu. Wir nahmen ihn in die Mitte und gingen die hellerleuchtete Straße auf und ab, während wir ihm in einem ziemlich aufgeregten Duett von dem großen Haus in Süd-Kensington erzählten, von dem verdächtigen Milchmann, von der im Kellergeschoß eingesperrten Dame und von dem Mann, der uns vom Portikus aus beobachtet hatte. Nachdem er sich dies alles angehört und überlegt hatte, sagte er:

»Wenn ihr daran denkt, zurückzugehen und euch Klarheit zu verschaffen, so müßt ihr wissen, was ihr tut. Ich würde euch nicht raten, noch einmal hinzugehen. Wenn ihr zweimal unter demselben Vorwand kommt, so sieht das verdächtig aus. Wenn ihr aber einen anderen Vorwand braucht, so ist es noch schlimmer. Ihr könnt davon überzeugt sein, daß der neugierige Herr, der euch von oben beobachtet hat, euch gut in Augenschein genommen hat und eure Porträts sozusagen auf dem Herzen tragen wird. Wenn ihr ohne die Hilfe der Polizei herausbekommen wollt, ob die Geschichte einen dunklen Hintergrund hat oder nicht, so rate ich euch, draußen zu warten. Ich werde hineingehen und mir die Leute ansehen.«

So kamen wir langsam und gemächlich in die Nähe des fraglichen Hauses. Mächtig und dräuend hob es sich gegen das letzte schwache Tageslicht ab. Es sah aus wie das Schloß eines bösen Zauberers, und das war es anscheinend auch.

Basils Bruder blieb unter einer Lampe stehen, er sah etwas bleich aus. »Glaubst du, daß du ohne Gefahr allein in das Haus gehen kannst?« sagte er. »Natürlich werden wir nahe genug sein, um dich zu hören, wenn du um Hilfe rufst, aber diese Schurken könnten dich ja auch auf schnelle und unvermutete Weise umbringen. Sicher ist die Geschichte nach meinem Gefühl nicht.«

»Ich wüßte nichts, was sicher ist«, antwortete Basil ruhig, »ausgenommen vielleicht der Tod.« Damit ging er die Treppe hinauf und läutete. Als die große, massive Tür, die sich nur einen Augenblick öffnete und ein Lichtviereck ins Dunkel schnitt, krachend wieder zuschlug und unseren Freund drinnen begrub, konnten wir uns eines Schauderns nicht erwehren. Es war, als ob ein gieriger Leviathan sein großes Maul aufgerissen und wieder geschlossen hätte. Ein kalter Abendwind blies uns an, so daß wir unsere Mantelkragen hochschlugen. Nach zwanzig Minuten, in denen wir uns kaum bewegt und kaum gesprochen hatten, waren wir zu Eis erstarrt, aber ich glaube mehr aus Angst als durch die Kälte. Plötzlich wollte Rupert entschlossen auf das Haus losgehen.

»Das halte ich nicht mehr aus«, sagte er, sprang aber fast gleichzeitig wieder in den Schatten zurück, denn die Tür öffnete sich, und in dem Lichtschein sah man Basil heraustreten. Er brüllte vor Lachen und sprach so laut, daß man auf der Straße jedes Wort hören konnte. Eine andere Stimme, möglicherweise auch zwei Stimmen, gaben ihm von drinnen her Antwort.

»Nein, nein, nein«, rief Basil in einem heiter-feindseligen Ton, »das ist vollkommen falsch. Das ist die scheußlichste aller Ihrer Irrlehren. Die Seele, mein lieber Bester, die Seele entscheidet in letzter Linie über kosmische Kräfte. Wenn Sie eine kosmische Kraft sehen, die Ihnen nicht gefällt, so zupfen Sie sie ruhig an der Nase. Aber jetzt muß ich wirklich gehen.«

»Kommen Sie nur so bald wie möglich wieder und puffen Sie uns tüchtig. Einige heile Rippen haben wir noch«, sagte jemand lachend.

»Vielen Dank für die liebenswürdige Einladung, werde nicht verfehlen, ihr Folge zu leisten«, rief Grant, der bereits auf die Straße getreten war. »Gute Nacht!«

»Gute Nacht«, klang die freundliche Erwiderung, ehe sich die Tür schloß.

»Basil«, sagte Rupert in heiserem Flüsterton, »was sollen wir tun?«
Der ältere Bruder blickte uns nachdenklich an.

»Was ist zu tun, Basil?« wiederholte ich in unbezwinglicher Aufregung.

»Ich weiß nicht recht«, sagte Basil ausweichend. »Was meint ihr dazu, wenn wir irgendwo zu Abend essen und ins Theater gehen? Ich wollte diese Kunden da mitnehmen, aber sie konnten nicht.«

Wir starrten ihn verdutzt an.

»Ins Theater gehen?« wiederholte Rupert. »Was soll denn das für einen Zweck haben?«

»Zweck?« fragte nun Basil seinerseits verwundert. »Verspürst du puritanische Anwandlungen? Um uns zu amüsieren natürlich.«

»Aber um Himmels willen!« rief Rupert. »Was wir tun sollen, meine ich! Was mit der armen Frau geschehen soll, die da unten eingesperrt ist? Soll ich die Polizei holen?«

Basil begriff endlich und lachte.

»Ah so, die Geschichte. Die hatte ich ganz vergessen. Davon halte ich nichts. Womöglich ein kleines Mißverständnis oder irgendein dummer Scherz, der niemanden etwas angeht. Aber es tut mir leid, daß diese Brüder da nicht mitkommen konnten. Sollen wir einen Omnibus nehmen? Ich weiß ein nettes Restaurant am Sloane Square.«

»Ich glaube manchmal, du stellst dich verrückt, um uns zu erschrecken«, sagte ich ärgerlich. »Wie können wir die Frau einfach ihrem Schicksal überlassen? Wie kann das alles ein dummer Scherz sein? Nennst du Verbrechen dumme Scherze? Würdest du es nicht für übel angebracht halten, bei der Auffindung einer Leiche in einem Zimmer darüber zu sprechen, als ob es sich um eine exzentrische Raumausstattung handelte?«
Basil lachte herzlich.
»Da bleibt einem wohl nichts anderes übrig, als ja zu sagen, wie? Aber ich weiß zufällig, daß in diesem Falle hier alles in bester Ordnung ist. Und da kommt der Omnibus.«
»Woher weißt du denn, daß alles in bester Ordnung ist?« forschte ihn sein Bruder hartnäckig aus.
»Die Sache ist ganz klar«, antwortete Basil, während er eine Rückfahrkarte zwischen den Zähnen hielt und in der Westentasche herumsuchte. »Diese beiden Kunden da drinnen haben in ihrem Leben nie ein Verbrechen begangen. Hat einer von euch vielleicht Kleingeld? Ich möchte mir rasch eine Zeitung kaufen.«
»Hol der Teufel deine Zeitung!« rief Rupert wütend. »Willst du etwa einen Mitmenschen in einem stockdunklen Verlies schmachten lassen, weil du ein paar Minuten mit den Kerkermeistern gesprochen hast und sie für gute Menschen hältst?«
Der große Omnibus kam tatsächlich die dunkle breite Straße herauf auf uns zugewackelt. Basil war bereits auf den Fahrdamm getreten, und es hätte nicht viel gefehlt, so wären wir alle hinaufgesprungen und zum Restaurant und ins Theater gefahren.
»Basil«, sagte ich, ihn fest bei der Schulter greifend, »du bringst mich nicht aus dieser Straße und von diesem Hause fort.«
»Auch mich nicht«, stimmte Rupert verbissen bei. »Hier geht irgendwas Übles vor. Ich könnte nie mehr ruhig schlafen, wenn ich fortginge.«
Jetzt wurde Basil Grant ernst.
»Wenn ihr natürlich so ein Gefühl habt«, sagte er, »werden wir die Untersuchung fortsetzen. Ihr werdet sehen, daß sie nichts Schlimmes zutage bringt. Es sind nur zwei junge Wissenschaftler aus Oxford. Sehr nette Kerle, wenn auch etwas von pseudodarwinistischen Gedankengängen angesteckt. Reden von der Moral der Evolutionstheorie und ähnlichem Zeug.«
Rupert drückte auf die Klingel. »Ich denke, wir werden dir über ihre Moral noch weitere Aufklärungen verschaffen können.«
»Und darf ich fragen«, sagte Basil düster, »was ihr vorhabt?«

»Zuerst habe ich vor«, antwortete Rupert, »mir Eintritt in das Haus zu verschaffen, zweitens mir diese netten jungen Oxforder Wissenschaftler mal anzusehen, drittens sie niederzuschlagen, zu binden, zu knebeln und dann das Haus zu durchsuchen.«
Basil machte zuerst ein sehr unwilliges Gesicht. Dann bekam er auf einmal einen seiner plötzlichen Lachanfälle.
»Arme Jungen«, sagte er, »aber es geschieht ihnen ganz recht, wenn sie so dumme Ansichten haben. Die Sache hat etwas verflucht Darwinistisches an sich.«
»Du willst uns doch wohl deinen Beistand nicht versagen?«
»O nein, ich werde mitmachen, wenn auch nur, um euch daran zu hindern, den armen Kerlen etwas zuleide zu tun.«
Er stand mit gleichgültigem, sogar mürrischem Gesicht hinter uns, aber als die Tür geöffnet wurde, trat er als erster vor und trug die größte Liebenswürdigkeit zur Schau.
»Tut mir sehr leid, daß ich Sie so belästige«, sagte er. »Ich traf draußen zwei Freunde, die Sie gern kennenlernen wollten. Darf ich sie hereinführen?«
»Famos, freut mich sehr«, antwortete eine Stimme in unmißverständlichem Oxforder Studententon. Ich bemerkte, daß die Tür nicht von der züchtigen kleinen Magd, sondern von einem der Studenten selbst geöffnet worden war. Er war ein untersetzter, aber ebenmäßig gebauter junger Mann mit krausem schwarzem Haar und breitem, stumpfnasigem Gesicht. Er trug Hausschuhe und dazu eine Sportjacke, die in einem unglaublichen Phantasierot leuchtete.
»Wollen Sie bitte eintreten«, sagte er. »Geben Sie auf die Stufen acht. Dieses Haus ist viel altmodischer, als man nach seiner prunkvollen Fassade annehmen sollte. Es gibt in ihm sonderbare dunkle Winkel, die reinsten Menschenfallen.«
»Das glaube ich gern«, sagte Rupert mit verschlagenem Lächeln.
Wir wurden in das sogenannte Studierzimmer geführt. Alle möglichen Zeitschriften lagen auf dem Boden herum. Die reichausgestattete Bibliothek zeigte die berühmtesten Namen und erstreckte sich von Dante bis zu Sherlock Holmes. Der andere junge Mann, der mit dem Rücken vor dem Feuer stand und eine kurze Pfeife rauchte, war ein großer, stämmiger Bursche mit glanzlosem, hochgekämmtem braunem Haar. Er trug eine Norfolkjacke. Er gehörte jenem eigenartigen Typus an, dessen Einzelexemplare in ihren Zügen und Bewegungen etwas ungemein Schweres und Plumpes haben, an denen man aber doch

merkwürdigerweise sofort die Anzeichen eines Gentleman erkennt.

»Na, wollen Sie noch mehr Geschütze auffahren?« sagte er, als wir uns vorgestellt hatten. »Ich muß schon sagen, Herr Grant, Sie sind mit so hervorragenden Gelehrten, wie wir sind, sehr streng ins Gericht gegangen. Ich hätte beinahe Lust, als Doktor der Naturwissenschaften abzudanken und mich aufs Versemachen zu verlegen.«

»Unsinn«, antwortete Grant. »Ich habe kein Wort gegen hervorragende Gelehrte gesagt. Ich beklage mich nur über eine unklare populäre Philosophie, die sich für wissenschaftlich hält, während sie doch nur eine Art neuer Religion ist, und dazu noch eine sehr schlechte. Wenn die Leute vom Sündenfall sprachen, wußten sie, daß sie von einem Geheimnis sprachen, von etwas, das sie nicht verstanden. Jetzt, wo sie vom Überleben der Tüchtigsten sprechen, meinen sie diesen Ausdruck zu verstehen, während sie nicht nur keinen Begriff, sondern sogar einen vollständig falschen Begriff von der Bedeutung dieser Worte haben. Die einzige Veränderung, die der Darwinismus herbeigeführt hat, besteht darin, daß die Menschen, anstatt unphilosophisch über Philosophie, jetzt unwissenschaftlich über Wissenschaft sprechen.«

»Das ist alles ganz schön«, sagte der große junge Mann, der sich Burrows nannte. »Wissenschaft kann natürlich wie Mathematik oder Violinspiel im Grunde einzig und allein nur von Spezialisten verstanden werden. Deshalb können aber die Anfangsgründe doch von allgemeinem Nutzen sein. Greenwood zum Beispiel« – dabei zeigte er auf den kleinen Mann in der Sportjacke – »kann keine zwei Noten unterscheiden. Und doch hat er eine Ahnung von Musik. Er nimmt seinen Hut ab, wenn man die Nationalhymne spielt. Er würde ihn nicht etwa irrtümlicherweise abnehmen, wenn die Kapelle ›Puppchen, du bist mein Augenstern‹ spielt. Genauso ist es mit der Wissenschaft . . .«

Hier brach Herr Burrows plötzlich ab. Er wurde durch ein bei philosophischen Kontroversen ungewöhnliches und vielleicht nicht ganz rechtmäßiges Argument am Weitersprechen verhindert. Rupert Grant war von hinten auf ihn losgesprungen, hatte ihm einen Arm um den Hals gezwängt und den Riesenkerl in Rückenbeuge gebracht.

»Nehmen Sie es mit dem anderen Burschen auf, Swinburne«, rief er, und bevor es mir recht zum Bewußtsein kam, war ich mit dem Mann in der roten Sportjacke handgemein geworden. Er war ein tüchtiger Ringer und sehr wendig, aber ich war schwerer und hatte ihn gänzlich überrascht. Ich stellte ihm ein Bein, er schwankte einen Augenblick auf einem Fuß und krachte dann auf den Boden nieder, während ich auf ihn zu liegen kam.

Infolge meines Sieges konnte ich meine Aufmerksamkeit einen Augenblick abwenden, und ich hörte Basils Stimme, der gerade einen langen Satz beendigte; der Anfang war mir entgangen.

»... mir, wie ich bekennen muß, ganz unverständlich, und wie ich wohl nicht eigens zu betonen brauche, unangenehm. Doch wenn man die Wahl zwischen alten Freunden und neuen hat, und seien diese auch noch so bezaubernd, so muß man sich auf die Seite der alten stellen. Erlauben Sie mir daher, Sie mit diesem Sofaschoner zu binden, um die Handfesseln so bequem wie möglich zu machen ...«

Ich war wieder aufgestanden. Der riesenhafte Burrows ächzte in Ruperts engem Armgriff, während Basil sich bemühte, die mächtigen Hände zu fesseln. Rupert und Basil waren beide besonders kräftig, aber Herrn Burrows fehlte es ebenfalls nicht an Kraft. Wie stark er war, davon sollten wir gleich eine Probe bekommen. Sein Kopf wurde durch Ruperts Arm hintenüber gebogen, aber durch den ganzen Körper ging ein krampfhaftes Zucken. Im nächsten Augenblick riß er den Kopf mit Bullenkraft vor, und Rupert Grant wirbelte durch die Luft und flog kopfüber vor ihm auf den Boden. Gleichzeitig stieß Burrows unseren Freund Basil mit dem Kopf vor die Brust, so daß auch dieser auf den Boden plumpste. Dann sprang das Ungeheuer mit einem Berserkergebrüll auf mich und warf mich in die Ecke, daß der Papierkorb in Fetzen ging. Der verdutzte Greenwood sprang wütend hoch. Auch Basil erhob sich wieder. Aber die beiden waren jetzt im Vorteil.

Greenwood stürzte zur Klingel und schellte so heftig, daß das ganze Haus klirrte. Bevor ich hochkommen konnte und bevor Rupert, der eine Weile buchstäblich betäubt war, auch nur den Kopf hochzuheben vermochte, waren zwei Diener im Zimmer. Geschlagen, als wir in der Mehrheit waren, mußten wir jetzt, da uns unsere Gegner auch an Zahl überlegen waren, vernichtet werden. Greenwood und ein Diener stürzten sich auf mich und warfen mich wieder in die Ecke auf den zusammengeknickten Papierkorb. Die anderen beiden sprangen auf Basil und klemmten ihn gegen die Wand. Rupert hob sich auf den Ellbogen, er wollte aufstehen, war aber noch zu benommen.

Hilflos waren wir den Ungeheuern ausgeliefert. Da tönte auf einmal Basils Stimme mit einer unserer Situation wenig angepaßten Fröhlichkeit in die schwüle Stille hinein.

»Da geht's wenigstens einmal lustig zu.«

Ich konnte sein rotes, gegen das Büchergestell gepreßtes Gesicht sehen. Zu meinem Erstaunen strahlten seine Augen wie die eines Kindes, das mitten in seinem Lieblingsspiel ist.

Ich machte einige mächtige Anstrengungen, mich zu erheben, aber der Diener drückte mich so fest nieder, daß Greenwood mich ihm ruhig überlassen konnte. Er rückte schnell zur Verstärkung der beiden ab, die Basil zusetzten. Basils Kopf sank tiefer und tiefer, er kam mir wie ein langsam untergehendes Schiff vor. Gerade als ich dachte, er würde versinken, brachte er einen Arm frei, streckte ihn hoch und packte ein dickes Buch, einen Band der Theologie des heiligen Chrysostomos, wie ich später entdeckte. In dem Augenblick, als Greenwood zur Verstärkung heraneilte, riß Basil den mächtigen Band aus dem Büchergestell und ließ ihn durch die Luft sausen, so daß er Greenwood flach ins Gesicht traf und ihn umwarf wie einen Kegel. Im selben Augenblick brach Basil nieder. Er sank, und seine Feinde stürzten über ihn.

Ruperts Kopf war klar, aber sein Körper wollte seinem Willen immer noch nicht gehorchen. Er klammerte sich, so gut er konnte, an den halb hingestreckten Greenwood. Sie rollten über und über, beide, besonders Rupert, waren von ihrem Fall etwas geschwächt. Ich konnte mich noch immer nicht befreien. Der Boden war mit zerrissenen und zertrampelten Zeitungen und Zeitschriften bedeckt und sah aus wie ein ungeheurer Papierkorb. Burrows und der eine Diener wateten, nachdem sie Basil niedergedrückt hatten, bis zu den Knien in Papier wie in einem Haufen welker Blätter. Greenwoods linkes Bein ragte durch einen Bogen der Pall-Mall-Gazette, es sah aus, als trüge er eine riesige Krause an der Hose.

Basil, der in einem lebendigen, nämlich aus starken Körpern gebildeten Gefängnis steckte, konnte vielleicht schon tot sein. Es kam mir jedoch so vor, als wenn der mir zugekehrte breite Rücken des Herrn Burrows vor Anstrengung zitterte. So mußte man also immer noch Kraft aufwenden, um Basil niederzudrücken. Plötzlich fing der breite Rücken an zu schwanken, er schwankte auf einem Bein. Basil war es gelungen, das andere zu fassen. Burrows und der Diener trommelten mit ihren starken Fäusten auf Basils Kopf wie auf einen Amboß los, aber das half alles nichts, Basil lockerte die eiserne Klammer um des Riesen Fuß nicht. Während man ihm langsam den Schädel einschlug, zog er das rechte Bein seines Gegners hoch. Mit feuerrotem Gesicht schwankte Burrows hin und her. Dann fiel der Koloß seiner ganzen Länge nach auf den Boden, daß sogar die Wände und die Decke dröhnten. Mit glühenden Augen sprang Basil auf und schlug mit drei Schlägen den Diener zu Brei. Dann sprang er auf Burrows, und ehe sich der Riese wehren konnte, war er an Händen und Füßen gebunden. Nun stürzte sich Basil auf Greenwood, den Rupert niederzuhalten versuchte, und mit vereinten Kräften überwältigten sie ihn leicht. Der Diener, der mich hielt, ließ mich los und nahm Reißaus, aber wie eine losgeschnellte Feder sprang ich hinter ihm her und schlug ihn zu meiner größten Befriedigung nieder. Der andere Diener, dem die Lippen bluteten und der offenbar genug hatte, schlich sich aus dem Zimmer. Sein Kamerad schlich sich ohne ein Wort hinter ihm her, da er sah, daß wir das Schlachtfeld behauptet hatten. Rupert saß rittlings auf dem gefesselten Greenwood, Basil auf dem gefesselten Burrows.

Zu meiner Überraschung sagte Burrows, obwohl er gebunden auf dem Rücken lag, in vollkommen ruhigem Ton zu dem auf ihm sitzenden Basil:

»Und jetzt nach errungenem Sieg, meine Herren, haben Sie wohl die Güte, uns Ihr rätselhaftes Verhalten zu erklären.«

»Oh«, sagte Basil, strahlenden Gesichts auf seinen Gefangenen hinabblickend, »wir wollten Ihnen nur demonstrieren, was wir unter dem Überleben der Tüchtigsten verstehen.«

Rupert, der während der letzten Kampfesphasen langsam zu sich gekommen war, befand sich jetzt endlich wieder im vollen Besitz seiner Geisteskräfte. Er stand auf, wickelte sich ein Tuch um seine linke blutende Hand und sagte ganz kühl:

»Halte du bei den Gefangenen Wache, Basil! Swinburne und ich werden uns drunten mal den Kerker ansehen.«

»Gut«, erwiderte Basil, stand gleichfalls auf und setzte sich gemächlich in einen Lehnsessel. »Ihr könnt euch Zeit lassen, wir werden uns nicht langweilen«, sagte er mit einem Blick auf die Papierwüste, »wir haben alle illustrierten Zeitschriften zu unserer Verfügung.«

Rupert ging vorsichtig und langsam aus dem Zimmer, und ich folgte ihm noch langsamer nach. Als ich mich anschickte, Rupert ins Kellergeschoß zu folgen, hörte ich Basil, der es sich in seinem Sessel bequem machte, ganz gemütlich sagen:

»Und jetzt, Herr Burrows, können wir ruhig in unserer Diskussion fortfahren. Es tut mir leid, daß Sie die Unterhaltung in dieser unbequemen Stellung führen müssen, aber, wie gesagt, ich weiß ebensowenig, warum Sie da am Boden liegen, wie es der Mann im Mond weiß. Doch ein so glänzender Diskutierer wie Sie wird kaum durch eine ungewohnte Körperhaltung ernstlich behindert werden. Wenn ich mich recht erinnere, sagten Sie gerade, als dieses kleine Scharmützel begann, daß es von großem Vorteil sein würde, die Anfangsgründe der Wissenschaft allgemein bekanntzumachen.«
»Ganz recht«, erwiderte der gebundene Riese ganz zwanglos. »Ich bin der Ansicht, daß eine wissenschaftliche Darstellung des Universums nur in großen Umrissen . . .«
Mehr konnte ich nicht hören, da wir bereits in das Kellergeschoß hinabstiegen. Mir fiel auf, daß Herr Greenwood an der freundschaftlichen Diskussion nicht teilnahm. Ich hatte, so seltsam es scheinen mag, das Gefühl, als trage er einen leichten Groll gegen uns im Herzen. Herr Burrows aber war ganz in seine philosophischen Spekulationen versunken und plauderte, als sei nichts geschehen. Wir stiegen inzwischen tiefer und tiefer in die Unterwelt dieses geheimnisvollen Hauses hinab, das uns vielleicht grauenhafter erschien, als es wirklich war, weil wir ja schon wußten, daß seine Besitzer Verbrecher waren und einen Menschen in Gefangenschaft schmachten ließen.
Das Kellergeschoß hatte verschiedene Räume, wie es in einem solchen Hause üblich ist, Türen, die in die Küche, in die Geschirrkammer, in die Vorratskammer, in die Gesindestube und so weiter führten. Rupert riß alle Türen mit unbeschreiblicher Schnelligkeit auf. Vier Räume waren ganz leer. Die fünfte Tür war verschlossen. Rupert stieß sie ein wie den Deckel einer Hutschachtel, und wir standen plötzlich in dem stockfinsteren Zimmer.
Rupert rief, als wenn er in eine Höhle spräche, hinein:
»Kommen Sie heraus, wer Sie auch sind! Sie sind frei. Die Leute, die Sie gefangenhielten, sind jetzt selbst Gefangene. Wir hörten Ihre Klagerufe und sind gekommen, Sie zu befreien. Ihre Feinde liegen oben an Händen und Füßen gebunden. Sie sind frei.«
Die Worte verhallten in der Finsternis, nichts rührte sich. Dann erklang ein Stöhnen. Wir hätten es für das Klagen des Windes oder für das Rascheln von Ratten halten können, wenn wir es nicht vorher gehört hätten. Es war unmißverständlich die Stimme

der gefangenen Frau, die kläglich nach Freiheit wimmerte wie vorhin.
»Haben Sie zufällig ein Streichholz bei sich?« fragte Rupert. »Ich glaube, wir sind hier am Ende unserer Spur angelangt.«
Ich strich ein Streichholz an und hielt es hoch. Das Licht erhellte ein großes, kahles, gelbtapeziertes Zimmer mit einer am Fenster sitzenden schwarzgekleideten Gestalt. Im nächsten Augenblick ließ ich das Streichholz fallen, da ich mir die Finger verbrannt hatte, und wir standen wieder im Dunkeln. Ich hatte jedoch etwas Praktischeres entdeckt – einen eisernen Gasarm gerade über meinem Kopf. Ich nahm ein anderes Streichholz und zündete das Gas an. Und so standen wir endlich in hellem Licht vor der Gefangenen.
An einem Arbeitstischchen am Fenster dieses unterirdischen Verlieses saß eine ältere Dame mit einer sonderbar roten Gesichtsfarbe und beinahe auffallend silbrigem Haar. Ein paar mephistophelische schwarze Augenbrauen und ein sehr nettes schwarzes Kleid schienen absichtlich dazu bestimmt zu sein, jene Vorzüge noch mehr hervorzuheben. In dem hellen Gaslicht hoben sich ihr Haar und ihr Gesicht scharf gegen den braunen Hintergrund der Fensterläden ab. Man sah deutlich die Öffnung, die Rupert vor einer Stunde mit seinem Messer in das Holz gebohrt hatte.
»Gnädige Frau«, sagte er, indem er ihr seinen Hut fast zu Füßen legte, »erlauben Sie mir, Ihnen die freudige Mitteilung zu machen, daß Sie frei sind. Wir hörten Ihre Klagerufe, als wir hier am Hause vorbeigingen, und haben uns sofort darangemacht, Sie zu retten.«
Die alte Dame mit dem roten Gesicht und den schwarzen Augenbrauen betrachtete uns eine Weile mit einem papageienartig starren Blick. Dann sagte sie mit einem Seufzer der Erleichterung:
»Zu retten? Wo ist Herr Greenwood? Wo ist Herr Burrows? Sie sprachen von Rettung?«
»Jawohl, gnädige Frau«, erwiderte Rupert wohlgefällig. »Wir haben mit Herrn Greenwood und Herrn Burrows sehr befriedigend abgeschlossen.«
Die alte Dame erhob sich und kam sehr schnell auf uns zu.
»Wie haben Sie die Herren nur überredet?« rief sie.
»Wir haben sie überredet«, sagte Rupert lachend, »indem wir sie niederschlugen und fesselten. Aber was ist denn?«

Zu unserer Überraschung ging die alte Dame langsam zu ihrem Stuhl am Fenster zurück.

»Habe ich recht gehört?« sagte sie mit dem Gesicht einer Frau, die sich anschickt, ihr Strickzeug zur Hand zu nehmen. »Sie haben Herrn Burrows niedergeschlagen und gefesselt?«

»Jawohl«, erwiderte Rupert stolz. »Wir haben ihre Angriffe abgeschlagen und sie überwunden.«

»Oh, danke.« Und die silberhaarige Dame setzte sich.

Es trat eine ziemlich lange Pause ein.

»Sie haben nichts mehr zu befürchten, gnädige Frau«, sagte schließlich Rupert freundlich.

Die alte Dame erhob sich wieder und sah uns eine Weile mit hochgezogenen Brauen an.

»Aber was ist mit Greenwood und Burrows? Wie sagten Sie noch?«

»Sie liegen oben an Händen und Füßen gebunden.«

»Gut, das genügt.« Sie setzte sich entschlossen nieder. »Ich muß hierbleiben.«

Rupert sah sie verdutzt an.

»Hierbleiben? Warum sollten Sie noch hierbleiben? Welche Macht kann Sie zwingen, noch länger in dieser elenden Zelle zu verweilen?«

»Die Frage ist: welche Macht könnte mich zwingen, von hier wegzugehen?« erwiderte die Dame ruhig.

Wir sahen sie wild an, sie jedoch blickte milde und sanft.

»Haben Sie wirklich die ernsthafte Absicht, hierzubleiben?« fragte ich schließlich.

»Sie haben doch wohl nicht die Absicht, mich zu fesseln und wegzutragen? Anders bringen Sie mich von hier nicht fort.«

»Aber meine liebe Frau«, rief Rupert in heller Verzweiflung, »wir haben ja mit eigenen Ohren Ihre Klagerufe gehört.«

»Lauscher hören oft Dinge, die sie nicht verstehen«, erwiderte die Gefangene grimmig. »Ich habe wohl einen kleinen Nervenanfall gehabt und ein Selbstgespräch geführt. Aber ich weiß trotzdem, was sich gehört.«

»Was sich gehört?« wiederholte Rupert, und auf seinem Gesicht erlosch der letzte Schimmer von Verständnis, er rollte nur noch die Augen und sah aus wie ein Idiot.

Er wankte auf die Tür zu, und ich folgte. Aber die Neugier trieb mich dazu, mich noch einmal umzuwenden und zu fragen: »Können wir nichts für Sie tun, gnädige Frau?«

»Nun«, antwortete die Dame, »wenn Sie mir denn durchaus einen kleinen Gefallen erweisen wollen, so binden Sie die Herren oben wieder los.«
Rupert stieg schwerfällig wieder nach oben und schimpfte wie ein Rohrspatz. In dieser Stimmung kam er auf dem Schlachtfeld wieder an.
»Theoretisch ist das zweifellos richtig«, sagte Herr Burrows gerade, der noch immer auf dem Rücken lag und mit Basil diskutierte, »aber wir müssen die Sache betrachten, wie sie unseren Sinnen erscheint. Der Ursprung der Moral ...«
»Basil«, rief Rupert keuchend, »sie will nicht herauskommen.«
»Wer will nicht herauskommen?« fragte Basil etwas ärgerlich über die Störung.
»Die Dame da unten. Die gefangene Dame. Sie will nicht herauskommen und hat nur den einen Wunsch, daß wir diese Kunden hier freilassen.«
»Eine höchst vernünftige Anregung«, rief Basil, sprang sofort auf und löste mit Händen und Zähnen Burrows Bande.
»Ein glänzender Gedanke. Swinburne, binde Herrn Greenwood los.«
Automatisch und mit dumpfem Kopf befreite ich den kleinen Herrn in der roten Jacke, der an der ganzen Geschichte kein besonderes Vergnügen gefunden zu haben schien. Der gigantische Burrows andererseits bäumte sich vor herkulischem Lachen.
»Nun wird es aber Zeit, daß wir gehen«, sagte Basil aufgeräumt. »Wir haben uns heute abend herrlich amüsiert. Wir haben, wenn ich mich so ausdrücken darf, die steifen Zeremonien möglichst vermieden, um Sie nicht zu inkommodieren, und uns so ungezwungen benommen wie zu Hause. Gute Nacht. Recht herzlichen Dank. Nun komm, Rupert.«
»Basil«, sagte Rupert verzweifelt, »sieh dir um Himmels willen die Frau unten an. Es ist mir sehr unbehaglich zumute. Ich gebe zu, es sieht so aus, als hätten wir uns geirrt. Aber die Herren werden vielleicht nichts dagegen haben ...«
»Nein, nein«, rief Burrows mit geradezu brüllendem Lachen. »Inspizieren Sie die Vorratskammer. Untersuchen Sie den Kohlenkeller. Rutschen Sie die Kamine hinab. Das ganze Haus steckt voll von Leichen, sage ich Ihnen.«
Dieses Abenteuer unterschied sich von den anderen, die ich erzählt habe, in einer Hinsicht. Ich hatte viele aufregende Tage mit Basil Grant durchlebt. Am Morgen schienen Sonne und

Mond tollgeworden aus ihren Bahnen zu weichen, aber gegen Abend hatten sich die abenteuerlichen Geschehnisse des Tages fast immer geklärt wie der Himmel nach einem Gewitter. Aber an diesem Tage wurde die Verwirrung immer größer und das Dunkel immer schwärzer. Bevor wir zehn Minuten später das Haus verließen, ereignete sich noch eine Kleinigkeit, die unseren Geist gänzlich benebelte. Wenn Ruperts Kopf plötzlich zu Boden gefallen wäre, wenn an Greenwoods Schultern Flügel entsprossen wären, so hätten wir kaum überraschter sein können. Und doch fehlte uns jede Erklärung. Wir mußten an diesem Abend mit dem Wunder zu Bett gehen und am nächsten Morgen mit ihm aufstehen, und Wochen und Monate wurden wir von diesem Rätsel geplagt. Wie man sehen wird, fanden wir erst Monate später durch ein anderes Erlebnis und auf einem anderen Wege eine Erklärung. Fürs erste will ich nur berichten, was geschah.

Als wir alle fünf wieder in das Kellergeschoß hinabstiegen, Rupert an der Spitze, die beiden Oxforder hinterdrein, fanden wir die Tür des Gefängnisses von neuem versperrt. Als wir öffneten, war das Zimmer wieder genauso dunkel wie vorher. Die alte Dame hatte das Gas ausgelöscht, wenn sie überhaupt noch da war; sie schien eine unheimliche Vorliebe für das Sitzen im Dunkeln zu haben.

Ohne ein Wort zu verlieren, zündete Rupert das Gas wieder an. Die kleine alte Dame drehte ihren Vogelkopf, als wir alle in das helle Licht traten. Und plötzlich sprang sie mit einer Fixigkeit, die mich in höchstes Erstaunen setzte, auf und machte einen altmodischen Knicks. Ich nahm natürlich an, daß diese ehrerbietige Verbeugung Greenwood und Burrows galt, und sah schnell nach ihnen hin. Eine solche Verbeugung ließ auf allerlei schließen, und ich wollte die Gesichter der Tyrannen sehen, die sie entgegennahmen. Zu meiner Überraschung schienen die beiden sie nicht einmal bemerkt zu haben. Burrows schnitt sich mit einem kleinen Federmesser die Nägel, während Greenwood ganz hinten geblieben war und das Zimmer kaum betreten hatte. Und nun kam die erstaunliche Enthüllung. Zuvorderst im hellen Licht stand Basil Grant. Sein Gesicht hatte einen unbeschreiblichen feierlichen Ausdruck, durch den sich ein sehr ernstes Lächeln durchzuarbeiten schien. Sein Kopf war geneigt. Er nahm die Verbeugung der alten Dame entgegen, und ihm galt sie zweifellos auch.

»Ich höre«, sagte er in gütigem, aber doch irgendwie amtsmäßigem Ton, »daß meine Freunde versucht haben, Sie zu befreien, aber ohne Erfolg.«

»Niewand kennt meine Fehler besser als Sie«, antwortete die Dame mit dem roten Gesicht, »aber eine Verräterin bin ich nicht.«

»Das bezeuge ich gern«, erwiderte Basil in demselben gütig-offiziellen Ton, »und ich bin mit der von Ihnen bewiesenen Ergebenheit so außerordentlich zufrieden, daß ich mir das Vergnügen mache, meine unbeschränkten Vollmachten zu einer umfassenden Amnestie zu benutzen. Auf die Aufforderung dieser Herren wollten Sie das Zimmer nicht verlassen, aber Sie wissen, daß Sie das auf meine Aufforderung hin ruhig tun können.«

Die Gefangene machte einen neuen Knicks. »Ich habe niemals über eine Ungerechtigkeit von Ihnen geklagt«, sagte sie. »Ich brauche wohl kaum zu sagen, was ich von Ihrem Edelmut denke.«

Und bevor unsere starren Augen wieder das Blinzeln lernten, war sie bereits aus dem Zimmer. Basil hielt ihr die Tür auf.

Nun wandte er sich in jovialem Ton an Greenwood. »Das wird eine Erleichterung für Sie sein.«

»Ich glaube wohl«, erwiderte der unbewegliche junge Mann mit einem Sphinxgesicht.

Wir standen plötzlich draußen in der dunkelblauen Nacht, betäubt und erschüttert, als wenn wir von einem hohen Turm gefallen wären.

»Basil«, sagte Rupert schließlich mit schwacher Stimme, »ich habe dich immer für meinen Bruder gehalten. Aber bist du überhaupt ein Mensch?«

»Augenblicklich«, antwortete Basil, »wird mein Menschtum durch eins der unmißverständlichsten Zeichen bewiesen – durch Hunger. Es ist zu spät, ins Theater zu gehen, aber es ist nicht zu spät, ins Restaurant zu gehen. Da kommt der Omnibus!« Bevor wir den Mund auftun konnten, hatte er ihn schon bestiegen.

Monate später stürmte Rupert Grant so plötzlich in mein Zimmer, als wäre er über die Gartenmauer gesprungen, und flehte mich an, ihn auf seiner letzten und wildesten Expedition zu begleiten. Er hatte sich vorgenommen, endlich die Quelle aller unserer Freuden und Leiden zu entdecken – die Zentrale des »Klubs seltsamer Berufe«. Ich würde mit dieser Geschichte niemals fertig werden, wenn ich ausführlich erzählen wollte, wie wir schließlich das Lager dieses sonderbaren Wildes aufspürten.

Wir erlebten dabei eine Unmenge interessanter Sachen. Wir schlichen den Mitgliedern nach, wir bestachen Droschkenführer, wir schlugen uns mit Gesindel herum, hoben einen Pflasterstein aus, fanden einen Keller, fanden unter diesem Keller noch einen Keller, entdeckten einen unterirdischen Gang und kamen so endlich zum »Klub seltsamer Berufe«.

Ich habe in meinem Leben manches Sonderbare erfahren, aber das Sonderbarste war doch, als ich aus diesen weitläufigen, dunklen und anscheinend endlosen Gängen in die strahlende Helligkeit eines prächtigen und gastlichen Speisesaales trat und dort fast lauter bekannte Gesichter erblickte. Da war Herr Montmorency, der Agent für Baumvillen. Er saß zwischen den zwei lebhaften jungen Leuten, die sich manchmal in alte Pfarrer verwandelten und stets berufsmäßige Aufhalter waren. Da war P. G. Northover, der Gründer der Agentur für romantische Abenteuer. Da war Professor Chadd, der Erfinder der Tanzsprache.

Als wir eintraten, schienen alle Mitglieder plötzlich auf ihre Stühle zu sinken, nur der leere Sitz des Vorsitzenden gähnte uns an wie eine Zahnlücke.

»Der Vorsitzende ist nicht hier«, sagte Herr P. G. Northover zu Professor Chadd.

»N-nein«, antwortete der Philosoph, der mehr als je in Gedanken versunken war. »Ich kann mir nicht denken, wo er ist.«

»Um Himmels willen«, rief Herr Montmorency. »Ich bin wirklich etwas beunruhigt. Ich werde ihn suchen.« Er spang auf und stürzte aus dem Saal. Eine Weile später kam er zitternd, in schüchterner Begeisterung, zurückgelaufen.

»Er ist da, meine Herren, er ist da, er kommt sofort!« rief er und setzte sich nieder. Rupert und ich waren natürlich sehr gespannt, wer wohl der Vorsitzende dieser verrückten Bruderschaft sein mochte. Wer, dachten wir bei uns, könnte wohl unter Geisteskranken König sein, welcher Phantast konnte wohl von allen diesen Phantasten so freudig erwartet werden?

Die Antwort ließ nicht lange auf sich warten. Die Tür flog auf, und inmitten stürmischer Begrüßungsrufe setzte sich Basil Grant lächelnd im Abendanzug auf den leeren Platz oben am Tisch.

Wie wir das Essen herunterbekamen, weiß ich nicht. Ich vermag sonst die lang ausgedehnten Tafelfreuden eines üppigen Klubdiners sehr wohl zu schätzen. Aber bei dieser Gelegenheit schienen die Gänge gar kein Ende zu nehmen und waren unmöglich zu bewältigen. Die Sardinen schienen so groß zu sein wie

Heringe, die Suppe kam mir wie ein Ozean vor, Lerchen wurden zu Enten, Enten zu Straußen. Am tollsten war es mit dem Käse. Ich hatte oft die Meinung vertreten hören, der Mond sei eine große Scheibe Käse. An diesem Abend dachte ich, der Käse sei zum Mond geworden. Und die ganze Zeit lachte, aß und trank Basil Grant, ohne uns eines Blickes zu würdigen und uns zu sagen, wie er hierherkam, um über diese Schar von Narren zu präsidieren.

Schließlich war der Augenblick da, der uns doch einigermaßen erleuchten mußte, die Zeit der Reden und Toaste. Unter dröhnendem Beifall erhob sich Basil Grant.

»Meine Herren«, sagte er, »es ist in unserem Klub üblich, daß der Vorstand die Verhandlungen nicht durch eine Rede allgemeinen Inhalts eröffnet, sondern als erster von allen Mitgliedern einen kurzen Bericht über seinen Beruf gibt. Wir trinken darum auf diesen Beruf und auf alle, die ihn ausüben. Als ältestem Mitglied liegt mir ob, meinen Anspruch auf die Mitgliedschaft dieses Klubs erneut darzulegen. Vor vielen Jahren, meine Herren, war ich Richter. Ich tat in dieser Eigenschaft mein Bestes, gerecht zu urteilen und die Gesetze durchzuführen. Aber es dämmerte mir langsam, daß ich mit meiner Arbeit nicht einmal an die äußersten Grenzen der Gerechtigkeit herankam. Ich saß auf dem Sitz der Mächtigen, ich war gekleidet in Scharlach und Hermelin, trotzdem war mein Amt klein, niedrig und nutzlos. Ich hatte denselben vorgeschriebenen Trott zu gehen wie irgendein Briefträger, und meine Richterrobe war nicht mehr wert als seine Postuniform. Täglich tauchten die schwierigsten Probleme vor mir auf, und ich mußte so tun, als ob sie durch dumme Gefängnis- oder Geldstrafen zu lösen seien, während mir doch mein gesunder Menschenverstand sagte, daß ein Kuß oder eine Tracht Prügel oder ein paar erklärende Worte oder ein Duell oder eine Tour durchs Hochland weit bessere Heilmittel sein würden. Zugleich mit dieser Auffassung wuchs ein überwältigendes Gefühl meiner Wertlosigkeit in mir an. Alle Worte, die ich bei Gericht zu sprechen hatte, erschienen mir als gänzlich unnütz. Jedes von Angeklagten oder Zeugen gesprochene Wort schien mir mehr Verbindung mit dem Leben zu haben. Dann kam der Zeitpunkt, da ich mich öffentlich über den ganzen Unsinn lustig machte, als verrückt erklärt und aus dem öffentlichen Leben ausgemerzt wurde.«

Es war irgendwie zu spüren, daß nicht nur Rupert und ich dieser Erklärung mit Spannung lauschten.

»Gut, ich entdeckte eine Möglichkeit, mich wirklich nützlich zu machen. Ich bot mich ganz privat als rein moralischen Richter für rein moralische Differenzen an. Es dauerte nicht lange, bis inoffizielle Ehrengerichte (die streng geheimgehalten wurden) sich in der ganzen Gesellschaft verbreitet hatten. Ich urteilte nicht mehr über Kleinigkeiten des praktischen Lebens, um die sich kein Teufel schert, wie über Begehung eines Mordes oder das Halten eines Hundes ohne polizeiliche Anmeldung. Meine Angeklagten wurden wegen Fehlern verhandelt, die das Zusammenleben der Menschen wirklich unmöglich machen. Sie wurden abgeurteilt wegen Selbstsucht, wegen einer unmöglichen Eitelkeit, wegen Klatscherei oder wegen Knickerigkeit. Natürlich konnten diese Gerichtshöfe ihre Urteile nicht zwangsweise durchführen. Die Erfüllung hing ganz von dem freien Willen der Beteiligten ab. Aber Sie würden erstaunt sein, wenn Sie wüßten, wie strikt man unseren Anordnungen immer nachgekommen ist. Noch aus jüngster Zeit kann ich ein sehr reizendes Beispiel anführen. Eine Dame in Süd-Kensington, die ich zu Einzelhaft verurteilt hatte, weil durch ihre Klatschereien eine Verlobung auseinandergegangen war, weigerte sich hartnäckig, ihr Gefängnis zu verlassen, obschon einige wohlmeinende Personen es unternommen hatten, sie vor der Zeit zu befreien.«

Mit offenem Munde starrte Rupert Grant seinen Bruder an. Ich aber blickte nicht minder starr. Dies war also die Erklärung dafür, daß die alte Dame mit uns so unzufrieden und mit ihrem Los so sonderbar zufrieden war. Sie war von einem dieser Ehrengerichtshöfe abgeurteilt. Basils seltsamer Beruf war die Ursache dafür, daß sie eingesperrt wurde.

Wir waren noch ganz benommen, als wir mit den anderen auf Basils neue richterliche Laufbahn anstießen. Wir hatten nur ein dunkles Gefühl, daß nunmehr alles in schönster Ordnung war, das Gefühl, das die Menschen haben werden, wenn sie in Gottes Nähe kommen. Wie im Traum hörten wir Basil sagen:

»Herr P. G. Northover wird sich jetzt über die Agentur für romantische Abenteuer verbreiten.«

Und gleichfalls wie im Traum hörten wir von Northover dieselbe Erklärung, die er ehemals Major Brown gegeben hat. So bildete unsere abenteuerliche Entdeckungsreise eine Kreislinie, Ende und Anfang flossen zusammen.